문학과지성 시인선 512

끝없는 사람

이영광 시집

문학과지성사

문학과지성 시인선 512

끝없는 사람

초판 1쇄 발행 2018년 7월 6일
초판 5쇄 발행 2023년 10월 10일

지 은 이 이영광
펴 낸 이 이광호
편   집 박선우 최지인 이민희 조은혜
펴 낸 곳 ㈜文學과知性社
등록번호 제1993-000098호
주   소 04034 서울 마포구 잔다리로7길 18(서교동 377-20)
전   화 02)338-7224
팩   스 02)323-4180(편집) 02)338-7221(영업)
전자우편 moonji@moonji.com
홈페이지 www.moonji.com

ⓒ 이영광, 2018. Printed in Seoul, Korea

ISBN 978-89-320-3117-0 03810

이 도서의 국립중앙도서관 출판예정도서목록(CIP)은 서지정보유통지원시스템 홈페이지
(http://seoji.nl.go.kr)와 국가자료공동목록시스템(http://www.nl.go.kr/kolisnet)에서
이용하실 수 있습니다. (CIP제어번호: CIP2018019835)

문학과지성 시인선 512

끝없는 사람

이영광

시인의 말

우울은, 쓰게 한다.
명랑은 그걸 오래 계속하게 하고.
주름 없어 잘 웃지 않는 명랑은 말한다.
네 모멸의 기쁨, 겸손의 쾌락을 내려놓아라……
다 내려놨어, 나는 거짓말하고.
명랑하고.
아야, 내 신세야……

2018년 7월
이영광

끝없는 사람

차례

시인의 말

I

겁

먼 곳에 슬픈 일 있어 힘없는
원주 토지문화관의 저녁이다
속 채우러 왔다, 슬리퍼 끌고

해장국이 나오길 기다리며 신문을 뒤적이다
누군가의 소식을 읽고,
아― 이 사람 아직 살아 있었구나!
놀라고 다행스러워하는 마음이 된다

허기가 힘을 내는 것이 우습다가
문득 또, 누군가 내 소식을 우연히 듣고
아― 그 사람 아직 살아 있었구나,
놀라길 바라는 실없는 마음이 돼본다

다행까지는 바라지 않는다
그만한 용기는 없다
허기는 아무래도 쓸쓸한 힘,
뭘 바라지 못하는 순간이 좋다

밥보다도 더 자주 먹는 이
겁에 의해,
오늘도 무사하지 않았느냐고

무사한 사람,
무사한 사람,
중얼거렸다
겁도 없이
중얼거렸다

궁리

궁리가 좋다
공부하기 싫어 볼펜 돌리거나 손가락 깨무는
아이들의 놀 궁리가 좋다
(노는 데 놀 궁리가 필요하다니)
인간은 놀아야 한다

모든 궁리가 좋다
살 궁리가 좋다
(사는 데 살 궁리가 필요하다니)
어떻게든 살아남으려 하는
뼈아픈 궁리들이 좋다
인간은 살아야 한다

웰 빙에서 웰 다잉으로 유행처럼 번지는
죽을 궁리가 좋다
갑이든 을이든 병이든
그 모든 죽을 궁리가 좋다
(죽는 데는 죽을 궁리가 필요하다)
인간은 죽어야 한다

무인도

어떻게 살아야 할지 알 것 같을 때면 어디
섬으로 가고 싶다
어떻게 사랑해야 할지 결별해야 할지 울어야 할지,
어떻게 죄짓고 어떻게 벌받아야 하는지
힘없이 알 것 같을 때는 어디든
무인도로 가고 싶다
가서, 무인도의 밤 무인도의 감옥을,
그 망망대해를 수혈받고 싶다
어떻게 망가지고 어떻게 견디고 안녕해야 하는지
어떻게 살아야 하고 어떻게 그만 살아야 하는지
캄캄히 다 알아버린 것 같은 밤이면 반드시,
그 절해고도에 가고 싶다
가서, 모든 기정사실들을 포기하고 한 백 년
징역 살고 싶다
돌이 되는 시간으로 절반을 살고
시간이 되는 돌로 절반을 살면,
다시는 여기 오지 말거라
머릿속 메모리 칩을 그 천국에 압수당하고
만기 출소해서

이 신기한 지옥으로, 처음 보는 곳으로
두리번두리번 또 건너오고 싶다

덫

쥐는 희망을 버리지 않았을 것이다
쥐 살림에, 희망밖에 무엇이 있었겠는가
쥐에게 쥐의 고난이 넘쳐흘렀다 해도
기쁨 또한 드물지 않았을 것이며
고난이 생의 전부라 그가 비관했다 하더라도
생각은 생각,
고난에 들어 고난을 갉아먹으며 달콤하게
한세월을 보내다가
조금은 쥐답지 않은 쥐가 되었을 것이다
이것은 혹 쾌락이 아닐까 하는 의혹을
그는 끝내 버리지 못했을 것이다
적당히 괴롭고 적당히 위험해서 적당히
헐거운 덫이 어딘가에 있으리라
사선에서 방심했으므로
그의 시궁창, 썩은 마음의 양식, 강철의 어둠을
달콤히 오독했으므로 그는
견디면 견뎌지는 어떤 것을 조금씩 견뎌냈을 것이다
가도 가도 구멍뿐인 생을 골똘히 갸우뚱거리며
방심이 불러들이는 쾌락에

저도 몰래 몸을 떨었으리라

그런 것은 덫에 걸린다

견딜 만한 덫은 처음부터 여기 이것,

견딜 수 없는 덫이었다

어마어마한 통증이 그를 엄습한다

그는 지금 의혹을 내던지고 희망에서 벗어나려

제 다리를 끊어버릴 듯 발버둥 친다

너무도 큰 쾌락이 밀려오고 있다

방심

그는 평생 한 회사를 다녔고,
자식 셋을 길렀고
돈놀이를 했다
바람피우지 않았고
피워도 들키지 않았다
방심하지 않았다
아내 먼저 보내고 이태째
혼자 사는 칠십대다
낮술을 몇 번이나 나누었는데
뭐 하는 분이오, 묻는 늙은이다
치매는 문득 찾아왔고
자식들은 서서히 뜸해졌지만,
한번 오면 안 가는 것이 있다
그는 이제 정말 방심하지 않는다
치매가 심해지고 정신이 돌아온다
입 벌리고 먼 하늘을 보며, 정신이
머리 아프게, 점점 정신 사납게,
돌아온다 그는 방심이 되지
않는다 현관에 나앉아 고개를 꼬고,

새가 떠나면 구름이 다가올 뿐인

먼 하늘에 꽂혀 있다

꽃 지자 잎 내미는 산벚나무 그늘 밑

후미진 꽃들에 들려 있다

그는 자꾸 정신이 든다

평생의 방심이 무방비로 지워진다

한번 오면 안 가는 것이 있다

저녁엔 퇴근하는 내게 또 담배를 빌리며

어제 왔던 자식들의 안부를 물을 것이다

뭐 하는 분이오? 침을 닦으며,

결코 방심하지 않을 것이다

외계인이 와야 한다

콩가루 집안도 옆집과 싸움 나면 뭉치고
툭탁거리던 아이들도 딴 학교랑 축구하면 함께 응원을
한다
딴 동네 딴 도시 딴 지역과 다툼이 나면
한 동네 한 도시 한 지역이 된다

전라도와 사이가 틀어지면 경상도가 된다
경상도에 맞설 때면 전라도가 된다
북한과 다툴 때는 남한이 되고,
월드컵만 열렸다 하면 아우성치는 대한민국이 된다

그러므로 외계인이 쳐들어와야 한다
성간우주星間宇宙를 안마당처럼 누비고 다니는
외계 우주선들의 어마어마한 공습 앞에서
미국과 중국이 손을 잡을 것이다
서방과 아랍이 연대할 것이다
아시아 제諸 국가들이 단결할 것이다

외계인이 와야 한다

모든 국경이 폐제되고,

기독교도와 무슬림이 형제가 될 것이다

모든 호모사피엔스가 하나가 될 것이다

인간과 사자와 뱀과 바퀴벌레 들이

한마음 한뜻으로 스크럼을 짤 것이다

더 큰 적이 나타나고 더 큰 싸움이 나는 수밖에 없나?

외계인이 와야 한다

전 세계 모든 나라가 잿더미가 되지 않을까?

외계인이 와야 한다

전 지구 생명체들이 흔적도 없이 사라지지 않을까?

외계인이 와야 한다

다른 별들에서, 지구촌을 전율에 빠뜨릴 초호화 축구

팀들이 공격해 와야 한다

부처나 공자나 예수보다 더 환상적인 외계 스타플레이

어들이 와야 한다

은하계 별들이 두두둥둥! 자웅을 가리는

우주 월드컵이 열려야 한다

몸 생각 1

다급하면 물에도 뛰어들고 불도 움켜쥐듯
도구가 부족하면 손이 나서고
두 손이 다 모자라면 입이 나선다
집다가 안 되면 잡고 잡다가도 안 되면
무는 것이다 더 나설 것이 없을 땐
몸이 몸소 나설 수밖에 없다
찻길에 뛰어든 아이에게 달려드는 어미의
혼비백산이나, 지금 눈앞에서 깔깔거리며
모텔 문을 열고 나서는 저 아이들의
땀에 젖은 한두 시간 전처럼
시든 몸이나 젊은 몸이나 사랑할 때나 죽을 때나,
불에 덴 그 몸이 굼뜬 몸뚱이를 화들짝
밀치고 나오는 것이다 몸주主라고 해야 할
이 황망한 것은 평생 그칠 줄 몰라
이 짐승을 배고 낳고
배고 낳고 하느라 지상엔
임산부 아닌 몸이 없고,
영혼의 실종 사고가 끊이질 않는 것이다
그렇게 몸은 얼었다 풀렸다 하며

여기가 바다인가 뭍인가 내내 헷갈리는

한겨울 황태 덕장의 명태처럼 말라가는 것이다

몸 생각 2

가슴에 칼을 품은 사람을 생각한다
배 속에 칼을 감춘 사람을 생각한다
그의 원한을,
제 살을 제가 베는 사람의
아픔을 생각한다
몸을 다 저민 끝에 칼을 빼어
인간을 찌르는 어떤 인간을 생각한다

취하면 칼을 생각한다
끝없는 증오로도 다 가를 수 없는 몸속
어두운 온기에 적셔지다가
울먹이다가
저도 몰래 녹아버리는,
어떤 덧없는 칼을 생각한다
끝내 뽑히지 못한 아픈 칼을 생각한다

더 취하면, 몸이란 걸 생각한다
꿰매려고 뒤집어놓은 누더기 같을
인간의 몸속을 생각한다

피를 보지 않으면 견디지 못하는

마음 하나를 삼킨 죄로,

찔리고 베여 쿨럭이다

아침이면 또 울어대는 칼을 끌어안았을

몸 생각 3

썩지 않는 비닐처럼
비닐에 싸인 정육처럼 몸은
늙지 않네
늙지를 않네
깊은 밤은 오고
털이 희고
이것은 늘어졌는데 힘이
빠지질 않네
안간힘은 힘든 줄 몰라
달 뜨는 창에 양말짝 널어두고
이 덩이는 다른 덩이에
들어가려 하고 있나
사랑도 없이
사정도 없이
사망도 없이
늙으려 하고 있나
이 입구에 그 출구가 있다는 듯
반죽에 반죽을 치대듯
파고만 있나

정욕에 싸인 정욕은

일어서지 않았는데

시들지 않고

들어가지 못하는데

나올 줄 모르네

시체를 매질하듯

꺼진 불을 끄듯

깊은 밤이 와서

깊은 밤의 깊은 밤은 와서

마음 1

인간들이 입에 칼을 물고 다니는 것 같아
말도 안 되게, 찌르고 베고 보는 거야
안 아프지도 못하면서
저 아프면 우는 것들이

예전에, 수술받고 거널 나 무통 주살 맞고 누웠을 적인데
몸이 멍해지고 나자, 아 마음이 아픈 상태란 게 이런 거구나 싶은
순간이 오더라고, 약이 못 따라오는 곳으로 글썽이며
한참을 더 기어가야 하더라고

마음이 대체 어디 있다고 그래? 물으면,
몸이 고깃덩이가 된 뒤에 육즙처럼 비어져 나오는
그 왜, 푸줏간 집 바닥에 미끈대던 핏자국 같은 거,
그 눈물을 마음의 통증이라 말하고 싶어

살아보면, 원수가 왜 식구 중에 있을까 싶은 날도 있지만

피가 섞였다는 건 말이지, 보조 침대에 구겨져 새우잠
자는
식구란 말이지, 같은 피 주머니를 나눠 찬 환자란 걸
마음이 우니까 알 것 같더라고
그게 혈육이더라고

세월호 삼보일배가 살려고, 기어서 남녘에서 올라오
는데
잃은 아이 언니인가 누나인가 하는
그 여린 아가씨,
옷이 함빡 젖고 운동화가 다 해졌데

죄 많고 벌 없는 이곳을 뭐라 부를까
내 나라라는 적진敵陣을 부러질 듯 오체투지로 뚫으며
몸이 더 젖고 더 해지는 동안,
거기 세 든 마음이란 건 벌써 길 위에 길처럼
녹아버렸겠다 싶더라고

마음이란 거 그거, 찌르지 마, 자꾸 피가 샌다고

중환자실 천장에 달려 뚝뚝 떨어지는 피 주머니 같은
그것에게
칼질 좀 하지 마
그 붉은 것, 진통제도 무통 주사도 안 듣는 거라고

마음 2

구름이 비로 내리듯 슬픔이 범한 마음은 눈물이 되고
마는 것이라면

마음의 가슴팍엔 분홍 얼룩지고, 무수히 모세혈관들이
뻗어가리라

물이 얼음이 되듯, 소스라친 눈물이 굳어 몸으로 바뀌
는 것이라면

살 돋고 뼈 익는 무른 펄이, 겨울 온상인 듯 마음을 덮
어가리라

너무 여려 몸에만 배고 다니던 두어 삭 따스한 살얼
음을

그, 마음의 몸을 찌르려고 몰려온

웃는 몸들을 보았다

피를 많이 흘렸다고,

피가 모자란다고,

누가 제물祭物처럼 힘없이 말했지만

사월

수업 중에 손 번쩍 들고 큰 소리로 던지는
즉흥 질문에는 즉흥으로 대답하지만
수업 끝나고, 쭈뼛거리며 와서, 모기 소리로
정말 몰라 던지는 질문에는
답하기가 어렵다

더듬는 말에는 더듬게 된다 네가,
그걸 모르는구나, 나도
모른단다

저 시끄러운 티브이는 내가 조금 모르는 의문
저 높은 아파트는 내가 아주 조금 모르는 의문
저 크고 희멀건 관청과 빌딩과 궁궐은 내가,
아주아주 조금 모르는 의문

　그렇지만 사월이 와서, 이 세상에 홀연 다른 세상이 덮
일 때
　날이 밝거나 어두워지듯 발 디딜 곳 없이 스미는 꽃잎
들 풀잎들은

내가, 많이 아는 의문
세세연년 죽었다 되살아나는 이 많은 녹색들은
내가 아주 많이 아는 의문
부활은 내가, 아주아주 많이 아는 의문

이제 의문이 세상을 덮었으니
의문이 답이구나
온 세상이 질문으로 가득 찼으니
질문만이 대답이구나

부활은 묻고,
부활은 묻네
사월에게 엎드려 묻네
부활을 묻네
사월에게 물으려 하네

부활은 우리가 아주아주 많이 아는 의문,
너는 정말 묻고 있구나
나는 정말 대답한단다
나는 정말 모른단다

기관

비명을 고요로 만드는 기계의 입속에서
기도를 조소로 바꾸는 기계의 심장에서
눈물을 오물로 만드는 기계의 배 속에서
소화되면서 소화되지 못하면서

기계의 철컥대는 내장 속에서
내장 속의 허황한 불빛 먹자골목에서 떠들면서
무언가를 소화시키면서
소화시키지 못하면서
철컥철컥 앓으면서

낮이면 야동처럼 팔팔한 기관이 되어
기관의 미로 속으로 미로의 혈관 속으로
혈관의 어둠, 어둠의 세포 속으로
몸 끝까지 분열하는 갑충들이 되어

기계의 미친 말을
죽은 심장,
썩은 내장을
숨 쉬며 짊어지며 움직여가며

단 두 줄
— 조정권 시인 영전에

선생은 자신에게 가혹했지만
시는 선생에게 더 가혹하였다

시나 부축하다 가는 거지요

속된 게 싫은 속인이요만
노래하는 진흙 덩이요만,

물신의 세계에서 시인의 적은 바로
시인 자신이지요
무엇보다 먼저 제가 시인임을
견뎌야겠지요

세상의 감금,
세상으로부터의 감금 잠깐 풀고, 어느 봄날엔
태릉 배꽃 아래서
한잔합시다,
합시다 하던

괴력 정신 등반가
국내 망명자
시 중독자

선생은 시를 사랑했지만
시는 선생을 더 사랑하였다
죽은 어미 젖을 빠는
뼈만 남은 아이처럼

그 뼈를 노리는 맹금류나
상처를 빨아 먹는
파리 떼처럼

이봐요, 고개를 들어요
시에나 씌다 가는 거지요 시에
견뎌지다 견뎌지다
가는 거지요

실성 끝에 사랑이 달성된 언 산정에

꽃 장식도 수식도 없이
뜨거운 염문처럼
단 두 줄,

시인 조정권
1949~2017

진주 시외버스터미널
— 유령 7

진주에서 밥 먹다 보니 두 주 전 여수서 먹던 밥 생각
난다
어느 밥이 더 좋았나? 비밀이다
여수에서 밥 먹던 기분과 진주서 밥 먹는 기분은 다
르다
술자리도 듣는 소리도 색色이 다르다 다르지만,
아무 말도 안 하련다 나는 다만,
경문왕의 복두장이처럼 속이 부글거려 죽겠다
말이 될지 똥이 될지 모를 거시기를 한바탕
하고 싶은데, 남강 가를 한참이나 걸어도
대숲이 없다 대숲은커녕
대나무 그림자도 없다 사실은,
말도 하기 싫다
똥도 지쳐서 더 못 누겠다

끓는 배 속에, 비밀 같은 비밀은 없다
경상도 사람들이 전라도 사람들을 싫어하는 것은
그냥 음식 때문이다
먹어도 그만 안 먹어도 그만인 김칫국에

비듬처럼 섞여 들어간 고춧가루 때문이다
고춧가루에 묻은 미세먼지나
먼지를 부는 남해 바람 소리, 아니면
파도에 꽁지가 젖은 갈매기들 끼룩거림 때문이거나
갈매기들이 물에 빠뜨리는 똥 덩이들 때문이다
남강이나 내 고향 안동 낙동강 가에
대나무 숲이 없어서다

경상도 사람들이 전라도 사람들을 미워하는 건 나처럼,
어제 마신 술 때문에 아침에 세 번 설사를 하기 때문
이다
애가 말을 안 듣고 재수씩이나 해서는 동네 대학엘 가
서이다
이곳의 피에 젖은 한국전쟁사가 부어준 공포나
공포로 떵떵거린 지역 출신 정권에 대한 공포의 동조가
아니라는 게 아니라,
임금님 귀가 당나귀 귀든 말든
당나귀 귀가 임금님 귀든 말든
한 놈만 조지면 된다고 생각하기

때문이다, 생각하지도 않기 때문이다, 문제는
생각이 남북통일만큼이나 힘들어서다, 아니
쉬워서다……가 됐다는 것이고, 그도 아니면
남강 변 낙동강 변을 자욱이 덮은 거대한 대숲 때문이
돼버린 것 같으므로,

나는 이 무아지경의 미움에게 엎드려 빌고 싶지만 지
금은 또,
해장술을 한 병 마신 터라 기운이 없다, 정신도 없다,
다만
경상도 안동 땅 사람들이 머나먼 목포 땅 사람들을 미
워하는 건
반세기 동안의 허위 선전이나 날조 왜곡 때문이
아니라는 게 아니라,
그냥, 안동시 옥동 오비호프집 화장실에 누가 들어가
똥을 눴는데
휴지가 없어서라는 것
그냥 미친 듯이 휴지가 없어서……가 됐다는 것이고,
그도 아니면, 휴지는 잔뜩 있는데

미친 듯이 똥이 안 나와서⋯⋯가 돼버린 탓이라 생각
한다
먼 것엔 이유가 없다
먼 것은 이유다

그 환영幻影의 숲에 비밀 같은 건 없다
우스운 것도 무서운 것도 다 환영이고, 환영이란 그런
것이며
문제는, 문제보다 문제의 문제이고, 이 모든 이유 없는
주정은
내 극비다 바지에 똥을 지릴지도 모르니
극비에 대해선 묻지 말라
아픔은 아픔,
아픔의 아픔도 아픔이라면 이곳의 미움에 대해서만,
말도 안 되고 똥도 안 되는 짧은 봄날의 복통에 대해
서만
빌어달라
버스는 십 분 뒤에 온다
나는 아랫배를 쥐고 어기적어기적,
화장실로 간다

평행우주의 그대*

  안녕, 친구. 훌쩍 자라버렸군. 하마터면 못 알아볼 뻔했어. 어떻게 그럴 수 있지? 교정의 플라타너스라도 뛰어 넘어버릴 기세야. 어이, 친구. 그건 뭐지? 수학이란 무엇인가? 회계학원론? 아, 자넨 그새 대학생이 되었군. 하지만 그 싱그러운 얼굴에 골똘히 주름을 모으고, 자넨 뭘 듣고 있는 거지? 수업 종이 울리고 있질 않나. 무얼 듣는 자네 기웃한 옆모습이 어쩐지 누군가를 부르고 있는 표정인 것만 같아. 단풍잎 지는 교정을, 기러기 떼 소슬히 나는 늦가을 하늘을 언제까지 바라보고 있을 참이지? 목소리, 목소리가 트여 나올 것 같은 긴 목을 하고. 웃음에 물들 것만 같은 두 눈을 하고.

  그래, 그렇지. 새들은 가끔 지구 밖으로 날아가버리는 것 같지. 대기권 넘어, 태양계 지나, 암흑의 성간우주에 휘익 구멍을 내고 가서, 어느 별의 둥지 위에 사뿐 닿아버릴 것만 같지. 이해해. 아니, 이해하고 싶어. 그곳이 이곳이라는 거. 먼 곳도 이곳이라는 거. 먼 곳의 자네, 먼 곳에서 먼 곳을 그리워하는 사람 마음. 먼 곳에서 무언가가 꼭 들려올 것만 같은 사람 기분. 이해해. 아니, 이해하고 싶어. 우주를 하느님처럼 죽 펼치면 평행하게 늘어선 집, 거리, 가게. 그리고 사람들. 기우뚱거리지 않는 몸. 평행하고 평행하고 평행해서 어딘가 평등해진 것 같은 마음이 들고. 아, 기억이 남아 있구나. 몸이 있었네, 하고 히힛 놀라는 기분. 이해해. 아니, 이해하고 싶어.

같아 보이는 느낌이 좋아. 거울 속에서 찬찬히 이쪽을 보는 것 같지. 거울 속의 거울 속의 거울 속의 자네는, 등 뒤의 등 뒤의 등 뒤의 자네지. 평행하게 말이야. 자네의 있음이 무섭지 않네. 무서운 건 없는 자네지. 그래서 그 차분한 웃음을 하고. 그 차분한 수학을 하고. 쉬는 날엔 서쪽 하늘 멀리 공을 차올리고. 그러면 외계 우주를 지나, 오르트 구름대 Oort cloud 지나, 명왕성을 넘어, 소행성 1304를 지나 공은 날아오지. 공은 새처럼 새는 공처럼 날아오지. 평행하게 평행하게 평행하게. 그래서 우리는 이렇게 중얼거리고 말지. 어이, 친구. 요즘은 자넬 자주 만나는군. 어이, 아들. 땀 좀 씻자. 우주를 하느님처럼 착 접으면, 우린 너무 가까워 웃고 말지. 수빈아 수빈아 수빈아, 부르고. 응. 왜, 왜, 대답하지. 놀기도 하고 살기도 하지. 우주는 다 가능하지.

친구. 요즘은 정말 도처에서 자넬 만나는군. 난 말이
지, 자네가 그 공기 없는 하늘과 힘없는 어둠과 숨 쉴 줄
모르는 먼지의 사막을 드리블해 온 걸 알지. 여기 이렇게,
도착해 있는 걸 알지. 자넨 스페이스 셔틀 속의 우주인이
되어 지구에 처음 나타난 빛 가운데에 서 있는데, 아무에
게도 안 보이지. 하지만 모두에게 보이지. 친구, 우린 계
속 이렇게 뭉쳐서 다니고 있다네. 어떤 결과에 대해. 그리
고 어떤 원인들에 대해. 원인들의 캄캄한 원인에 대해. 묻
고, 묻고, 또 물으며. 그러니 꼭 알려줘, 평행한 우주의 지
도를. 무수한 우주정거장을. 가면 꼭 그곳에 닿는 은하계
의 샛길들을 보여줘. 평범하고 평등한 날씨와 통학길과,
축구와 기타와 어떤 청춘의 음악을 들려줘. 집 떠나와 열
차 타고, 은하 영웅 이등병의 편지를 보내줘.

먼 곳은 이곳. 이곳은 먼 곳. 우리는 시소 같아. 탁구 같
아. 메아리 같아. 아, 하고 부르면 아, 하고 대답하는 우리
가 같이 촛불을 켜면, 우리가 같이 촛불을 켜고. 우리가

44

같이 호프를 한잔하면, 우리가 같이 호프를 한잔하고. 이
제 수학을 하자 하면, 이제 수학을 하자 하고. 돈을 벌고.
돈을 잔뜩 나눠줘버리고. 자넨 그 교정에서, 아니면 또
아르바이트에서, 아니면 이마의 땀을 닦는 호젓한 휴식
의 시간에 불현듯, 먼빛을 느낄 거야. 그러면 우리도 먼
빛을 느끼고. 평행우주의 그대는 눈 비비며 보고 말겠지,
백만 개의 촛불이 켜진 커다란 생일 케이크를. 또 한 번
태어나는 그대를 다 알게 되겠지. 우주를 하느님처럼 안
아버리자. 포개버리자. 우주는 교실처럼 조그맣구나. 별
들은 촛불처럼 가깝구나 하며, 하느님의 수업 시간엔 우
리 출석을 하자. 살아 있는 모두 함께 의무적으로, 출석
을 하자.

* 치유 공간 '이웃'에서 마련한 단원고등학교 2학년 이수빈 군의 생일
모임에 부친 편지.

비밀

외계인에게 강제로 납치돼 심문받다가
가까스로 살아 돌아온
단 한 사람의 지구인이 되어
나는 그대 비밀,
설명합니다

강제가 무엇인지 알아버린
강제의 얼굴로
강제를 강제당한 강제적인
목소리로
몸짓으로

그들의 신비로운 고문 기술과 유도 신문에
정신없이 자백했던
단 하나의 지구인으로
이, 괴롭고 행복한
설명을 합니다, 설명을

제가 누군지 어느 별에서 왔는지

아무것도 모르는 지구의 그대에게

나의 외계인에게

나의 강제로,

나의 비밀을

Ⅱ

촛불

나는 나를 백만 분의 일로
줄일 수 있다
그래서 이렇게,
거대해질 수 있다

분노는 내가 묻는 것이다
슬픔은 내가 먹는 것이다
사랑은 내가 비는 것이다
싸움은 내가 받는 것이다
해방은 내가 없는 것이다

나는 타오른다
나는 일어선다
나는 물결친다
나는 나아간다

나는 모든 죽음을
삼켜버린다

사막

병사들이 자동소총을 겨누고 위협하는 동안
흙투성이 포로가 두 손을 올리고
고개를 꺾는 동안

하느님은 사막 저편 신기루로
또렷하신가

사로잡힌 인간을 놓아주며
사로잡은 인간을 놓아주며

요양원

젖을 어떻게 빨았더라?

빨 것도 빨 힘도 없는 구멍들이 헤—
허공을 물고 있다

이 방 저 방 한꺼번에 젖을 물리느라
허공은 나타날 새가 없다

삶은 변변히 약 한 첩 못 써봤는데
요양원은 벌써 죽음을 치료하고 있다

단칸

그립고 무섭던 어제는 사라져버리는 법이 없었다
그립고 캄캄한 내일이 엄습하지 않는 날도 없었다

핫이불 한 채에 온 식구가 몸을 묻은 오늘의 밤에
결코 죽지 않는 어제와 내일이 비집고 들어와
미어터지던,

오늘을 다 눌러 죽이고 나서야
지쳐 잠들던

서울역

역사에는 여행이 있고
광장엔 흔히 설교와
노동자 집회가 있다
종교는 정신없이 아프고
노동은 아파서 간신히,
정신을 가누고 있다
기차가 슬슬 똬리를 풀며
기적도 없이 울어대서
여행은 또 떠나야 하지만
종교는 멀리 하늘로,
노동은 땅끝까지 피 흘려
나아가야 한다
소주병 쥐고 앉아 노숙은
모든 떠남들을 지켜봐야 한다

칼

어딘가엔 칼로 물 베기라는
싸움도 있다지만

강호가 혼탁하고 인심이 절박해지면,
검예劍藝에 향상이 온다

물을 두 동강 낸 칼들이
칠흑의 칼집으로 들어간다

집은 전장이고
밖은 전국이다

또 다른 적수를 찾아
유랑을 나서야 한다

파랗게

갓 진 십일월 은행잎들은
죽으면 뭐 하나 하다가도
살면 또 어떡하지? 하며
노랗게 거리를 죽여주고

갓 핀 사월 은행잎들은
살면 뭐 하나 하다가도
죽은들 또 무슨 소용 있나 하며
파랗게, 거리를 살려낸다, 파랗게

진흙 논에 드리운 백일홍 그림자

봉선사 범종 소리는
범종을 버리고
절을 버리고
세상 끝 지평선을 무너뜨리고 있는데

사자후는 멀어라
진흙 논에 드리운 백일홍 그림자,
찬물을 벌겋게 데우는
이 세상 군불

홍조를 띄우고 그대 내 곁에서
갱년기更年期로 웃을 때

무인사

명부전 채송화 무더기에 춤추며 노는
노랑나비 흰나비들

잘 살았다, 잘 살았다 하는 말이
여염의 상가喪家에서 새어 나오는 건
눈물이 나도록
좋은 일이지만

잘 죽었다 아, 잘 죽었다,
기뻐하지 않는 절은
절도 아니라고

말

분노는 말을 때린다
말은 분노를 이해할 수 없다
이해할 수 없는 말은 무섭다
말은 눈물을 뿌리며 달린다
어디로 가야 하나
어디에 닿아야 분노에
맞지 않을 수 있나
분노를 떨어뜨릴 수 있나
질주하는 말은 분노의
헝클어진 발음기호다
말은 분노를 흐느낀다
분노는 말에 매달린다
분노는 말을 더듬거린다

여수

나라는 어지러워
다도해는,
찬비에 젖는다

포구의 웅크린 배들은
맨주먹처럼 외롭고,
우중에 숨은 섬들은 어두워 큰
무법無法 같다

장군도 광장에 붙박여 젖고 있으니
배가 몇 척 남았느냐
묻지를 마오

무덤들

내가 스스로 의문이 되지 않는다면
누가 나를 궁금해한단 말인가
아침 산길에 무덤들이
침묵으로 돋아나 있다

그래, 몹시 궁금하다
침묵의 입장에서 보면 모든 말이 다 침묵이겠지
하지만 말의 입장에 서면,
모든 침묵이 다 말이다

무덤들아 햇살처럼 얼굴이 펴져
나는 궁금하다만,
열고 들어가 보고 싶을 만큼은 아니란다

저승꽃 이승꽃

당신 몸속, 갱坑처럼 어둡겠지

그 무덤에서 뉴스들이 돋아나
그믐 얼굴에 핀다

온종일 채널을 바꿔봐도
형형색색,
저승 소식 행간의 당신 읽을 길 없네

당신 무덤, 무덤 당신 안아 흙무덤에 모시면
무저갱 무저갱에서 뉴스들은 솟아나
양달 응달 수놓겠지

푸른 풀 새 울음 시청에 깨며 졸며
석삼년 훌쩍여도

꽃 지던 날 이승 눈물 행간의 당신
찾을 길 없겠지

봄 바다

맨가슴 긁히며 가는 저 배,
물에 상처입히지 않을 수 있을까
물은 흉터를 가지지 않을 수 있을까
흉터는 아픔을 물살에 지워낼까
비단 물낯, 비단 물낯 봄 바다엔 없는데

멀리 선 가슴들엔 꾹꾹 상처가 날까
마음은 상처를 찔러 앓을 수 있을까
흉터는 아픔을 몸에 달아 내릴까
감길 듯 감길 듯 졸며 다이빙 벨처럼
물비린내 턱턱 막히는 미궁 속까지

아픈 돌

돌에 입힌 상처: *바르게 살자*

*바르게 살*지 않으면
무른 살을 불로 지지고
쇠로 파내겠다

이마에 먹물을 넣고 칼을 씌워
이 거리 저 거리에 끓려놓겠다

돌은, 아팠으리라

무릎

무릎은 둥글고
다른 살로 기운 듯
누덕누덕하다

서기 전에 기었던 자국
서서 걸은 뒤에도 자꾸
꿇었던 자국

저렇게 아프게 부러지고도
저렇게 태연히 일어나 걷는다

재미

수백 수천의 벙어리들이 몸속에 산다
시끄러워 죽겠다

창밖은 언제나 공중이다
공중은 거대한 눈알이다

그는 베란다에 매달려,
쇠창살을 쥐고 괴성을 지르는
동물원 영장류처럼

나에겐, 재미가 없다
재미라곤 없단 말이다

돌아가는 것

요 몇 해,
쉬 동물이 되곤 했습니다

작은 슬픔에도 연두부처럼
무너져 내려서,
인간이란 걸 지키기 어려웠어요

당신은 쉽습니까
그렇게 괴로이
웃으시면서

요 몇 해,
자꾸 동물로 돌아가곤 했습니다

눈물이라는 동물
동물이라는 눈물

나는, 돌아가는 것이었습니다

연립들 1

평일 아침마다 연립에서는
사람들이 퉁겨져 나온다
눈곱처럼 맨발처럼
물 안 내린 변기처럼,
복병들처럼 튀어나온다
잠수했던 사람처럼 파울볼처럼
불에 덴 사람처럼 탄환처럼
튀어나온다, 사람 그림자들이

다 쓰러져가는 연립들에
무슨 무서운 것이 살고 있길래
무슨 불이 났길래
무엇이 방아쇠를 당기길래

연립들 2

부서진 놀이터는
빛의 정거장

지구에 왜 현실現實이라는
병이 났지?

노인은 시체가,
아이는 벌레가 아니라고

세상에서 제일 느린 별이 광속으로
내려와 적셔주는

슬로비디오,
정지 화면

바닥

더 잃을 것이 없어지느라
배도 몇 번 째본 내가
기고만장해서

여기가 바닥인가
중얼거리면

예, 거기가
바닥입니다
누가 발밑에서 답한다

내 무덤 아래에 늘
다른 무덤이 있다

적
— 시의 일

적의 마음을 들어주고 싶기 전에는
그래서 정말 들어주기 전에는
살 수가 없는 일
적에게 바라는 게 생기는 일
타는 듯, 줄 것이 생기는 일
바리데기같이
바리데기같이
애도 몇 낳아주고 울며
사랑을 찢으며
제 편이라곤 모조리 사라져버린
아군에게로,
저에게로 탈출하는 일

절반

반은 잡상인이고
반은 유령이고
반은 외계인인 내가
캄캄한 뉴스를 본다
생은 나를,
다 살려주는 법이 없다
반만 살려준다
너무 사는 건 아닐까,
반만 숨 쉬었으므로

절반인 죽음이 살아 있기라도 한 듯
검은 동공을 열고
화면 속 죽음들을 본다
그곳으로 눈물이 난다

올챙이

조치원 조천 물속의 개구리알들
올챙이가 되었다
올챙이는 열심열심 자라서
올챙이로 살다가
올챙이로 죽을 줄 알았는데,
이게 대체 무슨 일이람!
뒷다리가 쏘옥,
앞다리가 쏘옥,
꼬리는 자꾸 줄어들겠지
몸을 뚫고 다리들은
아무 데나 가겠지
올챙이는, 징그럽게 징그럽게
개구리가 되겠지
울음도 생기고
이빨도 나겠지
개구리는 올챙이를 다 잡아먹고선
잊어버리겠지

악수

악수를 해보면 안다
어떤 몸은 손이 있고
어떤 몸은 손이 없다는 것을
있는 손으로도 하고
없는 손으로도 하는 것이 악수라는 것을

악수를 해보면 안다
어떤 손은 몸이 있고
어떤 손은 몸이 없다는 것을
있는 몸으로도 하고
없는 몸으로도 하는 것이 악수라는 것을

악수는 허공을 정확히 움켜쥔다
다치지도 않고
그치지도 않고

고운 새

일 안 되고 마음 바쁜 어스름에
창에 떠오르는 작은 새 본다
인간의 얼굴로 지저귀는 새 본다
너무 좋은 것이 찾아오는 고통

뙤약볕에 버려진 얼음덩이처럼
식은땀 흘리는 나를 부르는
새여, 어딘가로 가자는 듯
인간의 목소리로 우는
고운 새여

나에겐 새의 눈이 없어요
새의 귀가 없어요
행복을 참을 길 없는 고통 가득히
날개가 나려나, 몸이 아프다

가을

여름을 용서하는 가을이 없고
가을을 용서하는 겨울이 없고
겨울을 용서하는 봄이 없고
봄을 용서하는 여름이 없지만

겨울을 용서하지 않는 가을이 없고
봄을 용서하지 않는 겨울이 없고
여름을 용서하지 않는 봄이 없고
가을을 용서하지 않는 여름이 없다

여름에게 자꾸 용서를 빌다가는
겨울을 용서할 길 못 찾아 허둥거리는
희끗희끗한 가을이다

늙음행

형제들이나 친구들은 다
잘들 늙어가는데,
나만 늙지 않는 것 같다
못 늙는 것 같다
시드는 몸 굽은 마음으로,
늙는 길은 어디 있지?
왜 길 밖은 없지?
두리번거리는 사람
집을 깨고 다시 집을 짓지 않자,
생은 문득 멈추었다
불 켜는 창 환한 골목들
네거리는 젖어 번뜩일 때,
늙음행 이정표는 빗길에 지워지고
젊음의 미라는 옛집에 자고 있다

간밤

술이 엉망으로 취한 청년이 골목길에서, 다 죽여버릴 거야! 소리쳤다. 칼을 뽑아 휘두르듯. 전봇대를 붙잡고 웩, 웩, 토하고 나서, 정신도 없이 다시 소리쳤다. 씨발, 다 죽어버릴 거야! 칼을 삼키듯. 너는, 다 죽어버릴 거야. 비틀비틀 인파 속으로 사라졌다. 너는 다 죽어버릴 거야…… 나는 목에 손을 넣어, 칼을 뽑아낸다.

병원

병원 안으로 들어가본다
병원이다

병원 밖으로 나가본다
병원이다

이상한 병원이다

환자 손에 칼이 들려 있다

죽음 손에
약이 쥐여 있다

너희가 왜 아직 여기에

세계가 잠들면 잠의 끝
무명無明이 눈 뜨고
한 떼의 짐승들 지나가고, 붉은 달
뿌리 드러내고 떠 있고
한바다를 스치는 무수한 바람
살기 위해서는 얼마나
죽어야 하나
죽여야 하나
한 톨의 웃음도 없는
짐승 울음 흘러가고
네가 왜 아직 여기에
있니, 뼛속의 물음 떠나가고
하늘을 배로 미는 새벽 세 시의 전함戰艦,
일촉즉발의 구름
천천히 지나가고
이상한 것, 이상한 것을 좋아한
이상한 너희들이 미친 듯 걸어오고
미친 너희들이 울며 걸어가고

폐

물에, 배가 한 척 내려갔습니다
그 이름 죽음이지만
바다는 그 구멍으로 숨 쉬었습니다

그때에 뭍사람들 몸으로도,
배가 한 척 내려갔습니다
그 이름 죽음이지만
사람들은 이 구멍으로 숨 쉬었습니다

몸은 처음, 돌이 되었다가
조금씩 피를 내어
배를 안아 적시고 기르며,
한 호흡 또 한 호흡 뱉어냈습니다
한 모금 또 한 모금 삼켰습니다

부활을 모르는 마음들은 비유比喩를 하며 삽니다
물과 몸, 배와 폐, 우는 피와
살 속의 검은 진주

1월 1일

새해가 왔다
1월 1일이 왔다
모든 날의 어미로 왔다
등에 해를 업고,
해 속에 삼백예순네 개 알을 품고 왔다
먼 곳을 걸었다고
몸을 풀고 싶다고
환하게 웃으며 왔다

어제 떠난 사람의 혼령 같은
새 사람이 왔다
삼백예순다섯 사람이 들이닥쳤다
얼굴은 차차 익혀나가기로 하고
다 들이었다
같이 살기로 했다
무얼 머뭇거리느냐고 빈집이
굶주린 귀신처럼 속삭여서였다

Ⅲ

눈길

너는 잠깐, 울었다
그리고 오래,
그쳤다

평화를 사랑한 내 인생은
내란에 휩싸였다

화광이 충천하여

너를 잊었다
그 사실을 평생 잊을 수 없었다

○

지금은 눈길이다
이상한 것에 맞고 있다

너를 잊은 사실을 잊어가는 동안
네가 온다

흰 눈 위에 내리는 더 흰 눈처럼

칼이 올라오는 길로
밥을 벌러 가야 한다

망각은 대체 어떻게 잊지?

○

너는 오래,
운다
잠깐, 그친다

전쟁은 나를 사랑한다
흰 눈 위에 꽉 업히는 흰 눈처럼

폭풍이 오면

    내 가장 소중한 것이 세상 가장 흉측한 것들에게 찢기고 시달리는 망상에 쫓겼다
    네 가장 소중한 것이 내 가장 흉측한 것들에게 찢기고 시달리는 악몽을 모르고

    사랑은 감히,
    멀다

    폭풍이 오면, 들판에 선다
    폭풍이 오기만 하면 들판에 혼자 서 있는 나를 발견하는
    환각 처럼, 들판에 선다, 나에게만 발견되는 너의
    환각 처럼

    들판에, 들판의 들판에
    들판의 멀어지는 한 점 들판에

    나는 오래 죄 없는 벌을 몰랐지만
    지금은 감히,
    벌 없는 죄를 모른다

문제

답이 없어 답이,
문제가 이리 많은데

아침엔 그렇게 생각했다
생각되지 않았다

답이 안 나오는 목소리들은 말한다
더 많은 답이 필요하다

아무런 문제도 없는 목소리들은 말한다
모두 엉망이다
문제가 더 없어야 한다

한 번도 답을 본 적 없는데
나는 왜 문제가 되어 있지?
왜 없어져야 하지?

생각되지 않았다

문제가 없어, 문제가
답이 저렇게 많은데

저녁엔 생각을 바꿨다

나는 왜 늘 문제없이
해결돼 있지?

한 번도 문제가 돼본 적 없는데
왜 다 풀려 있지?

살아나고 있다

마음의 성기로 간음한 것도 간음이라면
마음의 칼로 죽인 것도 죽임이라면
살 수 있나?

두려운 쾌락과 뜨겁던 살의가 격랑같이
지나갔지 않나
느꼈지 않나
간음에 간음당하고
죽임에 죽임당하지 않았나

생각으로 간음한 건 간음이 아니고
생각으로 죽인 건 죽임이 아니라면

아니고
아니고
아니라면,

살 수 있겠나?

오늘 생각하지 않은 사람은
어제 생각하는 사람

살 수 있나?
살 수 있다
그런 것이다 인간은,
인간은 그런 것이다

전쟁을 배고 태어난
죽을 듯한 평화로서
살아 있지 않지만
살 수 있다

관 뚜껑을 안에서 밀며
한 모금 또 한 모금
살아나고 있다

어디에도 죽을 길이 없어서

창밖에 전염병과 전쟁과 귀신이 창궐해 있어서
창을 닫아도 소용없고 피난 갈 곳도 없어서
그녀는 아이들을 집에서 놀리고 밥 먹이고,
불러 앉혔다
어디에도 살 길이 없단다
이제 잠깐 살기로 하자, 살기로 하자, 기도하는
꿈에서 깨어났다

창밖에 전염병과 전쟁과 귀신이 창궐해 있었는데
문을 활짝 열고
서둘러 아이들을 씻겨 학교에 보낸 뒤,
그녀는 마트에 갔다
어디에도 죽을 길이 안 보여서
커피를 마셔볼까? 중얼거렸다
낮술을 한잔할까?

오후엔 잤다
어디에도 죽을 길이 없어서 우두둑
부활하듯 기지개를 켰지만,

이상한 날이다

해가 진 지 오래인데

아무도 돌아오지 않는다

뉴스에, 뉴스가 나오지 않는다

낚시터 여자

무른 생이 질주해간 여자
동물의 상처를 가진 여자
어리기만 한 기억을 자꾸 게우며,
늙지 않는 여자
젖은 여자
라일락 라일락 흐린 물 저어
와서는, 깨는 일 고단해
칼끝같이 조는 여자
깨우면 깨질 것 같다가,
떡밥처럼 꿈에 담겼다 화들짝
사람으로 낚여 올라오는 여자
저 앉았던 플라스틱 의자에
다 돌아오지 못하는 여자
깨지 않으며 잠들지 않으며
졸음에 낚여 들어가는 여자
생각하지 않는 여자
굉음인 여자
난항인 여자
낚싯줄이 꿈의 속살을 다 누비도록

피 흐르지 않는 여자

여자였던 여자

아, 여자는 멀고

여자의 꿈은 깊어서,

그리워 손짓하면 없는 여자

있었던 여자, 금방은

없었던 여자

사랑하자 사랑하자 사랑하자고,

사랑만 하자고 덤비는

낚시터 여자

큰 나무

꿈에 진술서를 쓰고 있었다
깨어나 다시 써보았다
두 진술서는 딱 맞았다
나는 나와 딱 맞다
누가 쉼 없이 맞았는데,
새벽밥을 지으려고 일어나 머리 묶던
젊은 여자처럼
자지러지는 일몰처럼
큰 나무 아래로 피신할 거다
가고 말 거야, 내가 딱
맞았다니까
가서, 모릅니다, 하고
말할 거다
말 안 할 거다
그 나무 하느님으로 우거졌든
그 나무 귀신으로 헝클어졌든 나는,
나만은 모릅니다
안 맞습니다
아무것도 모를 수 있습니다

쓸 거야

안 쓸 거야

누가 죽고 있었는데,

또 하루를 공치고

깜빡, 제 집 현관에 닿아서는

이게 누구 집이지?

조그만 누구들이 살고 있지?

서서히 그리움에 물드는 가장처럼

큰 나무 속으로 자꾸,

들어가고 있을 거다

나는 안 맞아요

나는 맞지 말아

들어갈 거다

들어가려 하고 있을 거다

안전

이게 고통이야
여기선 끝이야, 하는 순간을
의심했다
이건 안 돼
죽어도 안 돼, 하는 안전을
고심했다
여기까지가 인간이야를
잊으려 했지만
잊지 않으며,
이건 안 되는 걸까
이 이상은 정말 안 될까
되면 큰일 나는
비열하고 초라한 안전을
안전하게 고문하며,
안 되는 것을
죽어도 안 되는 것을
의심했지만,
이거 넘어가면 다시
못 돌아와를

괜찮아, 괜찮을지도 몰라

이 사선은 정말

괜찮을지도 몰라를 안전히

괴로워했지만,

어느 날 의심을 잊고

피 흐르는 안전을 잊고

넘어가버렸다

어딘지 모른다

넘어가버렸던 것 같다

돌아왔다

돌아온 것 같은데,

잊어버렸다

나는 이 환한 곳에

죽어 있고

나는 그 어두운 곳에

살고 있다

사랑

분별하지 않았다
분별은 사랑의 적이었다
연연하지 않았다
연연은 사랑의 적이었다

범이성적인 분별이 밀려온다
사랑은 이런 것이 아니었는데
범인간적인 연연이 밀려온다
사랑은 이런 것이 아니었는데

분별하여 칼을 피하듯 사랑을 피하지만
한 번도 옳지 않았던 적 없는 옳음이 뭘 안다고?
연연하여 칼을 숨기듯 사랑을 숨기지만
한 번도 태어난 적 없는 짐승이 무슨 말을 한다고?

분별 속에 왜 연연이 들어 있지?
분별 속에 왜 아직 연연이라는 바이러스가
나가지 않고 있지?

연연 속에 왜 분별이 들어 있지?
연연 속에 왜 벌써 옳음이란
바이러스가 들어와 있지?

먼지에 묻은 것들

먼지만 없다면 세상은 누벼볼 만한 곳인가
먼지만 아니라면 집도 묻힐 만한 곳인가
사춘기 애들처럼, 죽으면 다들 슬퍼하겠지? 하는
기대를 아직 한다 북북 긁어도 벗겨지지 않는
무덤 코스프레랄까
하지만 사양이 새어 들어오는 거실,
먼지는 애도하듯 뽀얗게 떠다니고 밀쳐놓은
다탁 위를 아물거리며 배밀이하고,
소파에 파묻힌 인간의 머리 어깨 무릎 발을 쓸어주지
않나
내가, 진심으로 사랑받는 커다란 가축 같다
순장 노비 같다
결말과 동숙하는 생
먼지는 나에게서 떨어져 나왔거나
뭉쳐져 나를 빚고 남은 것이겠지만
이, 동질성을 부인하는 노란 분말 띠를 보라지
우린 중력이 없어, 다른 것이야, 햇빛에
반짝이다간 사라지고 사라졌다간 다시
나타나 아른거리는,

저 독립 게릴라들을 보라지

무장 없이 시간의 전장에 나온 자로서

내 물음은 어제와 같다

먼지에 묻은 것들,

사양을 몸에 받아 음악 같은 찬란을 공중에 뿌려놓는

먼지의 귀신들은 어디 숨었나?

나의 아트만ātman은?

손을 들어 허공을 허공에 흘려보내며

내 대답은 어제와 다를 게 없다

내 것이 아닌 내 것은 만져지지 않는다

아니, 만지려 한 적이 없다

비참이 제 눈물을 보려 하지 않듯이

슬픔이 제 동공을 보려 하지 않듯이

사실은

비 오는 날 찻집에 혼자 앉아 있어봐도
별로 쓸쓸하지도 않다는 것
쓸쓸한 척을 들킬 진짜 쓸쓸이 없다는 것
책을 읽고 있지만 사실은
열중하지도 않는다는 것
술집으로 옮겨 낮술을 마셔보지만
환자가 오만상 쓰며 약을 먹듯
술을 좋아하지도 않는다는 것
글을 쓴다지만 사실은 꼭 할 말이 있지도
않다는 것, 사실은 꼭 할 말이 없어지는 순간이
오지도 않는다는 것, 하루 종일
섹스 생각 돈 생각만 나기도 한다는 것
글쟁이도 선생도 아니라는 것
무언지 몰라 잠시 이것들이라는 것
가장 확실한 살아 있다는 느낌이 사실은,
살아 있지 않다는 느낌이라는 것
거의 살아 있다는 것
물속에서 오줌을 누듯
빗속에서 눈물을 훔치듯

희망이란 좀체 입 밖에 내질 않는데도
아픈 시간들은 그걸 온통 썩게 하고
썩은 시간들은 다시 그걸 낱낱이 아프게 한다

박근혜 만세

'박근혜 만세'
한국인의 행복한 일상의 출발은
이것을 인정하는 데 있는데
이것만 인정하면
다툼도 주정도 없어지는데
많이 배웠다는 친구들이
동료 문인들이
아무런 대책도 없으면서
그럴 순 없다고 화를 내니
나는 술이나 마실 수밖에

'박근혜 만세'
한국인의 원만한 사회생활의 출발은
이 한마디를 토하는 데 있는데
이 한마디만 토하면
짜증도 근심도 사라지는데
동료 선생들이 학생들이
밥집 아저씨가 청소 아주머니들이
그렇게 생각이 없느냐고

그건 안 된다고 펄펄 뛰니
나는 한잔 더 할 수밖에

한국인의 마음의 평화를 위해서는
'박근혜 만세'
이 한마디만 꿀꺽 삼키면 되는데
이 약 한 알만 삼키면
우울도 속병도 없어지는데
내 몸속의 간 쓸개 허파 심장들이
배알 속의 세포들이
그걸 어떻게 삭이느냐고 아우성치니
나는 취해 잠들 수밖에

왕

대한민국 이십일 세기는 선거로
왕을 뽑는다
타락했고 무능하지만,
타락했는데 무능할 리가? 좌우간
타락하지도 무능하지도 않은
왕을,
미스터리를
투표해서 뽑는다

한 고독이 너무 오래 외로우면 안 된다는 것이
시대의 합의.
시대의 합의는 인간의 합의.
하고 말겠다, 해야 할 일이,
절대 포기할 수 없는 일이 있다는
(얼마나 할 일이 없으면!)
희생적인 너무도 희생적인

고독이 칼을 쥐면.
고독이 칼을 쥐면.

왕이 있어야 희망이 있다고,
모두를 죽이러 오는데 저만 태연한 짐승처럼
왕이 있는 편이 유리有利하다고,
아무도 죽이러 오지 않는데 공포에 질린 짐승처럼

더 악한 것이, 더 속 터지는 것이, 더 천한 것이
나타나는 것보다
다시 나타나는 것이 더.
죽었던 것이 더.
한 고독의 병실이 만인의 감옥이 되는 것이 더.

생존이 전부인 시절이 나날이.
생존이 전부인 나날이 또 나날이.

대한민국 이십일 세기는 세다
무엇보다 그 약함이 가장 세지만,
먹으면서도 배고픈 그 허기가
못 먹어도 배부른 것 같은 그 포만감이 또 가장 세지만,

부모 형제 처자식도 투표로 휘익
뽑으면 된다는 듯
그 포기가 가장 포기를 모르며,
그, 계산하는 포기가 또 가장 포기를 모르지만

너의 정체가 무엇이냐?
새 사람이 되어라.
목숨은 목숨을 부지하는 데 쓰는 것이야.

꼭 하고 말겠다, 기필코 해야만 하는 일이,
나 아니면 죽어도
안 되는 일이 꼭 하나 있다는
(얼마나 지긋지긋한 일이면!)
위생적인 너무도 위생적인

약한 건 결국 약한 것이고
포기란 결국 포기인 것
맞은 델 무수히 또 맞을 악착같은 악착의 날들은
무수하므로,

절망보다도 희망보다도 더 깊은 것

백성을 갈 수 없는 건 왕을 갈 수 있기 때문

그것이 미래겠지만,

미래란 내세처럼 계산되지 않는 것이겠지만

                              죽었던 것이 또.

                        모든 슬픔이 필요한 슬픔이 또.

절망도 희망도 다 다쳐 돌아온 자식 같아서

늙어가며 자꾸, 주정을 한다

하게 된다

늙음이 졸업이랴

약에도 못 쓸

왕이랴

세븐일레븐

이제 나는 더 배우려 하지 않는다
알아버린 것이다
믿음이 있는 것도 아닌데
혼란이 없다
다 커서 더,
자라지 않는다

도심엔 절경이 없다
밤은 번쩍거리고
낮은 흐림,
세븐에서 일레븐까지

살 만큼 살아보고 죽을 만큼 죽어본
젊은 얼굴들이 늘어간다
체계 말단의
알바들
형광등처럼 하얗게 웃는
그늘들

마시면 죽는 사람과
안 마시면 죽는 사람이
한자리에 앉아 있다
부들부들 떨며 말리고
부들부들 떨며 권한다

한 사람이다
나다
내가 아니다
사랑하는,
내 시체다
전생이다

중얼거리며 밤은 오지만
어떻게 살아나지?
일레븐에서 세븐까지
팔팔하고 팔팔한 죽음 속에서
포기를 모르는
포기 속에서

이제 수염이 비치고
이제 가슴에 젖이 자리 잡는
어서 오세요
안녕히 가세요
살 만큼 살아보고 죽을 만큼 죽어본
어린 어둠들이 늘어간다

인간이 인간을 잡아먹는 광경은
빛에 가려,
보이지 않는다
보인다
보이지 않는다, 없는 신이 아군처럼
점령한 거리

보인다, 도심엔 절경이
없다 취하지 않는
밤, 파라솔, 일레븐
플라스틱 의자에 앉아 삐거덕삐거덕, 체계의

아가리를 본다
이미 그것이 다 벌리고
오고 있다

세븐에서 일레븐까지,
나는 으르렁거리며 강제로
결투 자세에
몰린다
나의 시체에 꺼진
불이 들어온다

그 시인

누가 써 보내라 하지 않아도
강제로 쓴다
한 해에 두세 군데 청탁이 오기 전에
겁을 집어먹고 벌써
쓰고 있다

무엇이 강제하는지 모르고
집에서 밥집에서 길에서
멍청하게 멈춰 강제로,
억지로 쓴다
강제를 쓴다

밥은 안 되지만 밥벌이하듯 쓴다
돈은 안 되지만 돈의 노예처럼 쓴다
이름은 없지만 정말
무명이 되어 쓴다
무명으로 쓴다

주인 없는 새 세상에 절망해 통곡하던

해방 노비들처럼
누가 뒤에 들어와 선 줄도 모르고
정성스레 혼자 노래하는 아이처럼

사랑으로 쓴다
사랑의 강제로 쓴다
그게 사랑인 줄 알고 쓴다

그게 사랑인 줄도 모르고
그게 사랑인 줄도 모르고

곤경

너무 세서 아무도 덤비려 하지 않는
태풍
처음부터 왕으로 태어난 자의
고독

다른 태풍의 도전을 물리쳐
제가 태풍 중의 태풍이었음을 꼭 한 번
확인하고 싶어 환장하는
태풍의
곤경

어떻게든 곤경에 한번 처해보고 싶은데
어떻게 해도 곤경에 처할
방법이 없는 것이 곤경인
태풍의 곤경

제 성질 제가 못 이겨 날뛰다
비좁은 골목길 지린내 나는 화단에
쓰러져 죽는 태풍을,

조그만
조그만

태풍을 본다,
채송화들이
날 때부터 곤경인 것들이
곤경 말고는 아무것도 아닌
티끌들이

어떻게든 곤경을 벗어나고 싶은데
어떻게 해도 곤경을 벗어날
방법이 없는
최강의
곤경들이

본다,
화등잔만 한 눈을 뜨고
채송화들이
난로 위에 떨어진 거웃같이

오그라드는

태풍을

사자처럼 앞발을 뻗어 갸우뚱,

건드려본다

지린내 향기로운 골목길

부서진 화단을 점령하고 앉아,

이런 곤경은 처음이야

이제 정말 곤경이 무언지 알아버린

이상한 곤경이 되어

조그만 것 조그만 것,

너무 작아 무서운 태풍을

조심조심,

만지며 논다

IV

새로 돋는 풀잎들에 부쳐

되어야 할 일이 있다면 네가 작아지는 일
네가 작아지고 작아져서 세상이 깜짝 놀라고
여기에, 생략처럼 아찔한 것이 있었구나
없는 줄 알았구나
하얗게 조심스러워지는 것
작아지고 작아져서 네가 부는 바람에도
아직 불어오지 않은 바람에도 철없이 흔들려
지워져버릴 것 같아서
용약勇躍 큰 걸음들이 그만 서버리고,
없음인 줄 알았구나
숨 멈추는 일
되어야 할 일이 있다면, 단 하나인 네가 막무가내로
여럿이 되는 일
황야의 연록 홑이불,
골목의 이글대는 거웃이 되는 일
없음이란 것이 무수히 생겨날 뻔했구나
없음을 목격할 뻔했던 가슴들이
도처에서 막힌 숨을 토하고
여기에, 생략처럼 무시무시한 것들이 있었구나

있음이란 것이 정말 있구나
종아리만 하고 장딴지만 한 나무로 멈추는 일
더없이 작은 걸음으로
도처에서 커다랗게 활보하는 일

쉰

한 권을 다 읽어도 주인공들 이름이 생각나지 않는
러시아 소설처럼
흐릿했지만,
쉰이다

남의 살에 더 들어가려고 약을 먹는 늙은 정욕처럼
어지러웠지만,
지천명이다

인간이 되지 못해 괴로웠던 때도 있었고
동물이 되지 못해 괴로웠던 때도 있었다
인간도 동물도 되지 못하는 것일 때 가장 괴로웠다

마실 만큼 마신 것 같은데
아직 잔이 남았나?
쉰 집으로 말라도 여섯 집 반을 더 얹어주는
백번 바둑처럼?

하늘이 인간의 수명을 늘여주는 건
한꺼번에 멸하기 위해선지도 모른다

집

세밑에 다시 공사를 벌여 반백 년 된 농가에
화장실을 넣었다 십 년 전 지은 욕실을 둘로 갈라
노모의 바깥 걸음을 줄여드린 것이다
뒷간을 집에 들이기 싫은 분의 오랜 고집이
홍얼홍얼 이해는 가지만, 앙증맞은 양변기에 따뜻이
앉아 눈 감노라면 어쩌다 풀리는 변비처럼,
터부는 땅 밑으로 휘익 씻겨 내려가지 않겠어요?
나는 예전부터 어둔 밤엔 이 집을 한 무더기
커다란 짐승으로 잘도 착각했었다 수술받은
늙은 몸들이 쿨룩대는 고향 산골 섣달그믐
몸 안에 똥을 만들지 않는 산 것들이 없고
항문이란 물소리 뻐끔대는 변기 같은 것이니
한평생 마당귀에 내쳤던 집의 막내 장기를 들여와
주방 장기 욕실 장기 말단에 매우 결속해두는 것은,
토끼가 간을 배에 넣듯 자연스러운 일 아니에요?
그해, 부엌 들일 때도 싱크대며 수도전을 보고
드디어 집이 입을 달았구나 노모는 손뼉을 쳤으니
수도가 방방에 물을 넣어주면 변기는 오물을 한곳에
정히 버려줄 것이다 축일이든 제일이든 명절이든,

식구들은 우연히 필연처럼 모여 병 나은 짐승의 살과
피와 똥오줌 속을 하룻강아지들처럼 와자지껄,
웃다가 훌쩍이다간 지쳐 쿨쿨 잠이 들겠지
한밤중에 집이 일어나 벌컥벌컥 찬물을 들이켜고
황금 똥을 누고, 구름을 뛰어넘으며 놀다가
새벽이면 돌아와 잠드는 걸 꿈 많은 우리 식구들은,
게을리 잠 깨느라 모른 체할 것 아니에요?

요약

물김치를 놓고 막걸리를 마시며
구술 시대를 사는 노모와 깊어가는 겨울밤
노모가 십 분을 이야기하면,
알아요 알아요 알아요……
내가 십 초만에 요약을 하고
노모가 이십 분을 말하면 이십 초에 또
간추려드리며

명주실이 동굴의 깊이를 다 뽑아내듯
노모는 끝없고
마침내 내 요약은 취해 더듬더듬
가방끈처럼 늘어지고
아랫배처럼 부풀고

밖에서 놀다 온 얘기를 신이 나 늘어놓으면
얼른 씻고 밥 먹자, 줄여주던 어린 옛날처럼
노모는 내 횡설수설을 한마디로
요약해준다
이제 그만 자야지

싫어요 싫어요 싫어요……
세상에 노모와 나밖에 없다는 느낌에 밤을 늘여도
세상에 노모와 나밖에 없다는 느낌이 든다
세상에 나밖에 남지 않았다는 생각이 든다
세상에 노모밖에 남지 않았다는 생각이 든다

노모는 나를 가장 오래 들어준 외계인이다
나는 노모를 평생 말로만 사랑한 지구인이다

눈물 배우기

성한 데라곤 없는 어머니 왜 안 돌아가시나
독하고 고독한 나 얼굴 펴라고
제 어머니 장례식에서 울지 않는 사람은 누구나
사형선고를 받을 위험이 있다* 하더라도
싫어요 싫습니다 아, 싫다니까 울려고 해도
안 되는 걸 어쩌라고요? 신경질 부리는
아들 손에 기어코 슬픔을 쥐여주려고
아 진짜, 장례는 싫고 울기는 더 싫은 어린애한테
어른을 가르쳐주려고
그만 가야 하는데 하는데 하며, 어머니 왜 안 가시나
더 늙고 병들어 더 아픈 몸이 되려고
더 마르고 쪼그라들고 더 어두워지기 전에
슬픔을 꺼내 가라고
울지 못하는 나 울고 싶지 않은 나 욕먹지 말고
돌 맞지 말라고
막내야 이리 온, 어서 눈물을 배워가야지
흥! 해봐라, 응? 코 풀듯 한번 울어버리고 나면
슬픔의 희생자가 될 일은 없다고
아 진짜, 싫다는데 왜 자꾸 이러세요?

132

나는 눈물 같은 것 눈곱만큼도 안 나오는데
울기만 하면 바로 사형선고가 내리는데
어머니, 어머니, 엄마!
아직 버럭버럭 부르는데

* 알베르 카뮈의 『이방인』 미국판 서문.

졸업장

― 안동 찜닭 생각

학력고사를 두어 주 앞두고 내가 또 칵 죽고 싶어져
학교 안 가고 술 취해 드러누워 있을 때,
벼 타작하던 아버지가 찜닭을 들고 자취방엘 왔다
삼부자가 그눔의 학교 졸업장 하나 못 받으면 무슨 망
신이냐고,
이거 먹고 내일은 꼭 가라고 맛있는 거라고

살림 잘 들어먹고 공납금 잘 안 주던
이상한 아버지가 보기 싫어서
나는 말없이 그걸 먹으며, 찜닭이 맞나 닭찜이 맞나
소주나 한잔 더 했으면 좋겠네,
생각하고 있었다 공부도 연애도 안 되어 그만,
집이고 학교고 뭐고 멀리멀리 탈출해버리고 싶던
시인 지망생, 하지만 찜닭에 누그러진 열아홉
아버지 경운기 몰고 육십 리 길 돌아가자
포기했던 〈확률·통계〉 단원을 다시 펼쳤다

안동고등학교 일 학년 중퇴생 아버지는 십 년째 고향
앞산에 누웠고

134

이 학년 중퇴생 형과, 그 밤 열심히 찜닭 뜯던
누이는 민중으로 돌아가
안동 찜닭으로 부산서 먹고들 산다
닭하고 무슨 원수가 졌는진 몰라도
개업 축하하러 와 다시 찜닭 앞에 앉고 보니,
어느덧 삼십 년이 흘렀구나

안동고등학교 삼십삼 회 졸업생, 졸업장 너무 많아
탈인 나는
누이가 익혀 낸 찜닭을 먹고는 있지만,
내가 삼십 년 전 그 밤으로 돌아가 있는 걸 아무도 모
를 것이다
연거푸 소주잔을 비우고는 있지만 여전히
시도 연애도 안 돼 칵 죽고 싶은 오십,
닭찜이 맞나 찜닭이 맞나 생각 중인 걸 모를 것이다

뭐가 맞니껴, 물으면 나의 귀신 아버지는 술에 절어
횡설수설할 것이다, 그냥 맛있는 거라고, 학교는 가야
한다고
어옜든 졸업장은 있어야 한다고

움막

새는 새 속에서 날고,
강아지도 강아지 속에 들어가 졸고 있다
세상에, 바람은 허공에 숨은 채로
돌은 어떻고, 돌 속에 들어가 누워
잘 잔다

할머니는 무덤가에 할미꽃 예쁘게 피워 올리고
아버지도 영정이 편안하게 웃고 있으니

화禍 많고 한恨 많았지만
할머니 단잠
아버지 웃음

한 많고 화 많아서
할머니 꽃
아버지 그림

숙주가 불안정해 자식 인간은 뒤척인다
들어가려는 듯 나오려는 듯

움막 문을 닫지도 않고,

이불을 걷어차며

거칠게 잔다

황금빛 누더기

기본 영어 부정사 단원에 나오던 이상한 문장:
그는 다시는 고향에 돌아가지 못할 운명이었다
허사虛辭란 게 원래 그런 거지만,
그는 전쟁 노예로라도 끌려갔던 걸까
사형수였을까

그립기도 무섭기도 한 고향에 못 갈 것만 같아져
어린 나는 훌쩍거렸는데,
도회에 처음 나올 적, 동구 다리 밑 봄볕에 나앉아 이
잡던
장발 거지 생각이 났더랬다
난 사십 년 후의 너야, 말 건네듯, 씨익 웃던
그의 손에 번쩍이던 누더기

전장과 형장을 나는 모르고
방랑을 더욱 모르지만,
작은 곳 후미진 공중의 둥지에 연년이 똬리 틀고 앉아
갇히며 떠돌며 사십 년을 흘려보냈지만,
생각느니, 그는 그가 아니었을까

안개 같은 이국의 문장을 탈출해 조선 천지 산골 아침에
예언질하듯, 내 어린 발치에서 흥얼대지 않았을까

그의 전장 그의 형장 그의 움막 부러워라
돌아갈 수 있는 곳이라곤 없었으나
돌아갈 수 없는 곳이 있었을 그 거지 자식,
부러워라 아무도 가두지 않는 곳에 갇혀
생각느니, 이 별은 길 잃은 별

버드나무에 양말짝 널어놓고 종이때기에 뭔가 끼적대던
그는 나였을까
그러나 내 별은 돌아갈 수 없는 곳이 없는 곳,
돌아갈 수 없는 곳이 없는 곳
최후엔 껍질을 벗기듯 누가 벗겨냈을 그
황금빛 누더기 그리워라

직유들

어떤 일 년은 사랑을 만났다 헤어지고 다시 만나면서도

사랑을 목마르게 찾아 헤매고,

하루살이처럼 노랗게 탔다

어떤 삼 년은 막 쏟아부은 아스팔트처럼 구두에 들러

붙어

머물 곳도 디딜 곳도 몰랐는데,

헤맴의 찬란 모름의 행복 가득 시간이

매미처럼 쟁쟁 울었고

지금, 어떤 십 년은 지방紙榜같이 간략하고 절간 뒷간

같이 공하고

한 줄기 비행운이었다는 듯 등 뒤에 흩어진다

바람을 걸어와 희어진 인간은 인형人形 같고

십 년씩 이십 년씩 의혹 없이 요약되어

인생은 인생의 시놉시스 같다

시간은 동그랗게 말려 시계 속에서 돈다

길이 풍경을 뿌리치고 지도와

내비게이션 속을 흘러가는 동안

명백한 가을에서 명백한 가을로 구름 한 점 없이

지구는 지구본처럼 돈다

사랑의 은유들은 땅 끝까지 몸을 숨기고,
말 대신 누가 불쑥 내미는 빈 잔처럼 녹슨 칼처럼
직유들이 몰려온다

그리움은 제 굴혈로 돌아온다

당신에게 도달하는 그리움은 없다
그리움은 내게로 온다
기름을 만땅으로 넣고 남쪽 바다 수직 절벽까지 가서
흰 갈매기들의 보행 멀리, 구멍뿐인 공중을 팽팽히 당
겨보다가도

시월 햇빛 난반사하는 끓는 가마솥, 그 다도해에
무수히 뛰어 들어보다가도,
그리움은 그리움의 칼에 베여 뒹구는 것

우리가 두 마리 어지러운 짐승으로 불탔다 해도
짐승으로 세상을 헤쳐갈 수 없어
한 짐승은 사람이 되어 떠나고,
짐승으로 세상을 헤쳐갈 수 없어
한 짐승은 짐승으로 남았으므로

칼을 녹여 다시 불을 만들 순 없다
제 골대로 역주행하는 공격수처럼 멍청히
뭉그적대는 귀경 차량들 틈에 끼어들 수밖에 없다

다급한 건 생환이어서,
길은 경기도계에서부터 저렇게 밀리는 것이리라

짐승을 사랑할 수 없어
당신이 두 마리 사람으로 살아간다 하더라도,
사람을 사랑할 줄 몰라 내가
두 마리 짐승으로 살아간다 하더라도

그리움은 제 굴혈로 돌아온다
사 들고 온 비닐봉지를 헤쳐 뭔갈 또 우물거리는 밤
당신에게 나눠 줄 그리움이란 애초에 없었던 거다
혼자 갉아먹기에도 늘 빠듯했던 거다

우리는 사랑이라 부르던 무른 벌레를 눌러 죽였다
나는 살기 위해 평생을 허비할 것이다

물은 모르는 종이

물은 어려운 종이다
심장의 불을
손가락에 피워 갖다 대면
꺼져버린다
물에는 불을 한 글자도
적어 넣을 수 없다
햇빛은 멀리서 와
물과 놀며,
무수한 사랑의 무늬를 그린다
그저 뜨거운 걸로는 안 된다는 듯
아물거리며,
쉼 없이 떠나면서도 눈앞에서
맴돌며 반짝인다
웃음인 듯 눈물인 듯한 부신
그림을 적고 지우고 적고,
지우고 있다
조심조심 불을 묻혀봐도
연기도 없이
꺼져버린다

심장은 온종일 타지만

물은 모르는 종이다

그는 열 손가락에 화상을 입고,

온몸이 젖어

마을로 돌아간다

우연히

교직원 대상의, 성폭력 사례 발표 및
예방에 대한 교육을 받았다
별의별 인간이 있고
별의별 짓이 있구나
저건 아니지 싶었는데
저건 뭐지 싶었는데
별의별 짓들이,
머리에 들어와버렸다
그것이 그것에 들어가듯
강제로 알아버렸으니 이제
강제로, 삼가야 한다
우연히 알게 되었으니
우연히, 삼가야 한다
모름의 큰 두려움이 눈을 감자
앎의 조그만 두려움들이
초롱초롱 눈을 뜬다
백치가 정신을 차리듯
마취, 마취가 필요하다
제정신이 백치가 되도록

머리에 어지러운 귀두에

콘돔, 콘돔이 필요하다

졸음

칠월 땡볕 속
전기톱 소리
쇠로 쇠 자르는
악다구니
누가 저 소리 좀
자를 수 없나
소리의 쇠 이빨 좀
뽑아갈 수 없나
불현듯 숨 멎은 내
눈을 내가 감기며,
염殮하는 꿈속의
고운 벌레였는데,
삶과 꿈 사이
해진 잠을 찢는 저
전기톱 소리,
두 손으로 허겁지겁
자르고 싶네
툭, 툭,
붙잡고 싶네

피가 철철 나는

이 졸음

이 꿈으로

불행

앉아 있다
나무 아래에
보고 있다
무엇을?
죽은 말을 타고
썩은 나팔을 불며
불행이 오고 있다
살점을 길에 흘리며
와자지껄 오고 있다
물렀거라……
나는 나를 그늘에
길게 엎드린다
물렀거라……
한 번도 패배해본 적 없는
슬픔의 군대가 나가신다……
세상을 독차지한
불행의 행차가 온다
허깨비 춤에 혀 빠진
고성방가가 온다

나는 땅에 이마를 대며,

물러나고

물러나고

물러난다

조그만 행복의 괴로움

들키지 않으려고

조그만 불행의 웃음으로는

숨 쉬지 않으려고

벌레

외로우면, 용서한다
이 나쁜 것들아 이리 와
나하고 놀자

모든 걸 용서할 것 같을 만큼 웅크리면
외로움의 불을 켜고 먼 외로움으로,
절망도 일어나 쿵쿵 뛰어야 할 것 같은
핏속으로,

내려가면
타오르면
작아지면

원수님들아 이리 와,
나하고 살자
기도하자

세상 모든 마음들을
기어 다닌다

수학여행 다녀올게요
── 유령 6

4. 16. 08:59 - 10:11

살고 싶어요……를 지나는 시간입니다
수학여행 큰일 났어요 나 울 것 같아요를,
죽을 수 있을 것 같습니다를 지나갑니다
걱정돼요, 한 명도 빠짐없이, 아멘……을 기억하는 시
간입니다
실제 상황이야 아기까지 있어 미치겠다가
가만히 있으세요 절대 이동하지 말고가, 기다리세요가
사라졌습니다
기울어지고 기울어지고 기울어지고가 지나갑니다
잠깁니다 잠기고 있습니다 잠깁니다
무섭습니다 무섭습니다 무섭습니다
이제 없어, 가자고가 가버립니다
오지 않았습니다 들어오지 않습니다 쳐다보며,
안 보았습니다 우리는 여기, 없습니다
마지막 기념을 엄마 보고 싶어요를, 사랑해
사랑해, 나가서 만나를 잃어버렸습니다
내 동생 어떡하지? 아직 못 본 애니가 많은데

난 꿈이 있는데,

내 구명조끼 네가 입어가 우릴 놓아버리고

끝났어 끝난 것 같아가 끝납니다 사라집니다

검은 물이 옵니다 물 샐 틈 없는 물이 왔습니다

끝났습니까 끝났습니다 끝났습니까……

4. 16. 11:18 –

아니요…… 끝나지 않았습니다

아니요…… 이제 시작입니다 우리는 여기, 있습니다

아니요…… 죽임이 나타났습니다 사선 뒤의 사선이 나

타났습니다

뉴스가 꺼지고,

카톡이 안 되는 시간입니다

스마트폰이 숨 거둔 시간입니다

기다려라 기다려나 봐라 기다려버려라, 있어진

우리는 천천히 오그라듭니다

고통이 너무 많이 천천히, 천천히, 옵니다

우리는 천천히, 천천히, 천천히, 죽임이 옵니다
우리는 천천히, 천천히, 죽임이 만집니다
우리는 천천히, 죽임이 알아봅니다
우리는 다급히…… 죽음을 모릅니다
헤어지지 않습니다, 나가야 하니까 네 손과 내 손을
묶습니다 정말 없어질지도 몰라, 입 맞춥니다
젖은 몸을 안습니다 젖었으니까 안습니다 웁니다
그칩니다 웁니다 어둡습니다
무섭습니다
미끄러지고 뒹굴고 떨어지고 부딪히고 처박힙니다
떱니다
찢어지고 흘립니다 움켜쥐고 끊어지고 긁습니다
부러집니다 꺾입니다 그리고,
어둡습니다……
우리는 너무 많이 숨을 안 쉽니다
우리는 너무 자꾸 피에 젖습니다
모면하고 모면하고 모면합니다 실낱같이,
가혹해집니다 희미하게 희미하게, 살아집니다
고통이 너무 많이 번개처럼 옵니다

고통이 너무 많이 번개처럼 웁니다

살고 싶어요를…… 죽고 싶어요를 눌러 죽이는 시간입니다

아픕니다 아팠습니다 아팠던 것 같습니다

아프고 있습니다

끝났습니까 끝났습니다 끝났습니까 끝났습니까……

4. 17. ‒

아니요…… 아무것도 끝나지 않았습니다

아니요…… 끝없는 끝이 왔습니다 죽임 뒤의 큰 죽임이 왔습니다

아니요…… 끝나고 싶습니다 뭉개지고 부서지고 흩날리고 싶습니다

다른 것이 돼버리고 있습니다……

흐르지 않는 이 시간의 급소와 통점은 무엇입니까

숨결을 갈가리 뜯어 먹는 이 캄캄한 짐승의 엄니는 무엇입니까

어느 하느님의 적들이 보냈습니까

어느 사랑의 원수들이 길길이 풀어놓았습니까

아무도 오지 않았는데 이것은 어떻게 왔습니까

이것이 왔는데, 왜 아무도 오지 않습니까

내가 왜 이것에게, 있습니까 나는

칼을 숨 쉬었습니다 나는, 몸이 벌렸습니다 나는

물에 끓고 있습니다 암전되었습니다

그렇다면, 이 암전 뒤의 암전은 무엇입니까

암전 뒤의 암전 뒤의 이 암전들은 또 무엇입니까

물이 비명을 잡아먹은 시간입니다, 신음이

뽑혀 나간 시간입니다, 내 숨은 어디로 사라집니까

숨 막힘은 어디로 가라앉았습니까

이, 저며지는 시간의 꽃잎들은 무엇입니까

시간이 없는, 시간입니다 시간이 너무 많이

없습니다 물이 우리,를 씹고 있습니다 우리, 는

새까맣게 물에 탔,습니다

이것은, 너무도 천천히 우리를 먹, 는 것입니다

나이기가, 어렵습니다 나,일 수 없습니,다

기도, 합니다 기도하 ,고 싶, 습니다 기도할 힘이

없습니다, 기도하지 않을
힘이 없습니다
다른 것이 되고 있습니다……
끝났습니까 끝났습니다 이제 정말 다 끝났습니까

4. 18. -

아니요…… 아무것도 끝나지 않았습니다
아니요…… 다른 것이 되었습니다
아니요…… 몸이라는 아픔을, 아픔을 벗었을 뿐입니다
우리는 왜 이유가 없습니까
이유란 대체 무엇입니까
우리는 왜 우리 몸에서 쫓겨났습니까 터져 나왔습니까
봄꽃이 봄에 피는 것 같은 대답은 어디 있습니까
가을에 가을 잎이 지는 것 같은 사실은 어디 있습니까
이 외롭고 무서운 삶은 무엇입니까 죽었는데,
우리는 왜 말을 합니까
난 살아 있습니다 하지만 날 닮은 이

조용한 아이는 누굽니까 손톱이 빠졌습니다
친구들도 살아 있습니다 하지만, 친구들과 똑같이 생긴
이 아이들은 누굽니까 손가락이 부러졌습니다
말을 안 합니다 엄마, 아빠, 나는 누구세요?
우리는 도대체 누구세요?
죽었는데, 우리는 왜 자꾸 말을 합니까?
이, 이상한 형체를 보아주세요
이, 불가능한 몸을 만져주세요
타오르는 진짜들을 느껴주세요
우리는 더 이상 죽지 않는 것이고 말았습니다
고통을 모르는 고통입니다
오직 삶이라는 것만을 아는 것이 돼버렸습니다
나타날 수 없는 것이 되어버렸습니다

4. 20. -

아니요, 나타납니다…… 나타나고 나타나고 나타납
니다

아니요…… 떠는 손과 엎드린 몸, 무너지는 심장들에 젖고 있습니다

아니요…… 구조 없는 구조를, 그저 귀찮고 귀찮고 귀찮아 죽겠다는 표정들을

썩은 돈다발을,

통곡과 능멸의 항구를 떠다닙니다

행진을 가로막는 도심의 장벽을 봅니다

슬픔을 내려치는 칼 위에 앉아 있습니다

우는 누나와 굶는 아빠와 얻어맞는 엄마를 안고 있습니다

망각이 되자고 날뛰는 기억들을 기억하고 있습니다

물속에서 기억합니다, 무사하지 말아요

슬픔을 비웃는 얼굴들을, 기쁜 슬픔들을 보고 있습니다

어떤…… 죽음을 보고 있습니다

물속에서 듣습니다 아무도 무사하지 말아요 놓아주지 않아요

말해주세요 물의 철벽에 허공의 콘크리트 속에

말을 넣어주세요, 핏속엔 피를 흘려 넣어주세요

도대체 왜 도대체 왜 도대체 왜,

떠나보낸 겁니까…… 악마의 배 속에서 기어 나갈 거예요

나타나야 하는 몸으로, 나타나기 직전의

발버둥으로, 허공인 두 손으로

그대들을 움켜쥡니다 허공인 두 발로

그대들에게 매달리고 있습니다

도대체 왜 도대체 왜 도대체 왜,

오지 않은 겁니까…… 우린 죽지 않았습니다 그대들은,

살지 않았습니다

수학여행, 가고 있었습니다 수학여행 가고 있을 뿐입니다

우리가 죽어야 그대들은 살아요

그대들이 살아야 우리는 죽어요, 어서

죽여주세요, 어서 우리를

말해주세요 살려줄게요, 말해주세요

살려줄게요 살려드릴게요……

0. 00. 00:00

초록 바다 수평선 너머 먼 곳으로 수학여행 가야 해요
수학여행, 가고 싶습니다
수학여행 보내주세요

아니, 아니…… 돌아가야 해요
예쁘고 미운 친구들과 괴롭고 즐거운 학교와
인사하던 골목길과 상점들에게로 그렇고 그런 사람들
에게로
돌아가야 해요, 꿈꾸고 꿈꾸고 꿈꾸면 괜찮아지던 곳에,
끝없는 사람으로 돌아가야 해요

몰래 우는 엄마 몰래, 우는 아빠에게로
몰래 우는 아빠 몰래, 우는 엄마에게로
집으로,

돌아가고 싶습니다

수학여행 다녀오고 싶습니다

수학여행 다녀올게요

수학여행 다녀올게요

사람이라는 사실 하나만으로

양경언
(문학평론가)

1. 알겠다, 그리고 모르겠다

어제는 이영광의 시에 대해 다 알 것 같았는데, 오늘은
아무것도 모르겠다. 알 듯 말 듯한 구절로 독자에게 혼란
을 안긴다는 얘기가 아니다. 이영광의 시는 한국 시의 현
장에선 드물다 싶을 정도로 듬직하게 명료하고, 웬만해
선 말하고자 하는 바에서 등 돌리지 않는 자세로 버틸 줄
안다. 삶에서 일어나는 파문을 정직하게 괴로워할 줄 아
는 시는 엄청난 고통을 상대할 때도 (비록 심사가 뒤틀릴
정도로 괴로울지언정) 좀처럼 꿈쩍하지 않는다. 그런 시
를 만나고 났을 때 밀려오는 아득함이란 그래서 아무것
도 모르겠다는 망연자실과는 다른 길 위에 독자를 올려

두곤 한다. 거기엔 독자를 향해 과연 시가 애써서 자리 잡은 고통의 영역 너머까지 내다보는 시선을 가질 수 있겠느냐는 둔중한 물음을 수반한다. 이 같은 상황임에도 이영광의 시에 대한 말을 꺼내려는 이 순간에 우리는 어째서 '모르겠다'는 문장을 처음으로 내세우는 걸까.

이영광의 다섯번째 시집을 지금 막 읽은 우리가 '오늘은 아무것도 모르겠다'는 탄식을 내뱉었다면, 이영광 시의 무엇을 모르겠는지 어쭙잖게 설명하려고 애쓸 게 아니라 어제와 오늘 사이의 결락에 관해 먼저 말해야 한다. 가령 "견디면 견뎌지는 어떤 것을 조금씩 견뎌"(「덫」)내면서 희망을 버리지 않고 삶을 꾸려온 '쥐'의 입장이 되어 "덫"을 이해하려 할 때 빚어지는 "구멍"에 대하여. 쥐에 동화되어 '덫'을 사유하는 시 「덫」에서 화자가 설정한 곤궁은 다음과 같다. "시궁창" 같은 일들 속에서도 그것을 "적당히 괴롭고 적당히 위험"한 것으로 "오독"함으로써 겨우 살아갈 수 있었던 이가 절대로 피할 수 없을 만큼의, 소위 '끝장나는 위기'에 처하게 되면 어떡할까. 그럼에도 그이는 이전부터 살아왔던 방식 그대로 희망이란 걸 품으며 버틸까. 그러나 이러한 때마저도 어김없이 위기를 적당히 치부해버리는 태도로써 희망을 가진다면, 우리 삶에서 '희망'이란 그저 고통을 마비시키는 "큰 쾌락" 정도에 그치는 게 아닐까. 요컨대 더 나아질 수 있다는 기약만으로 미래를 담보할 수 있을까. 어쩌면 우리로 하여금 더 살기 위해 발버둥 치게끔 만드는 '지금 만난 괴로움은 괴로움도 아니야'라는 종류의 희망은 버리는 편이 더 낫지 않나. 희망을 갖는 것 또한 삶의 습관이라면, 이제는 좀 다른 태도를 취할 줄 알아야 하는 것 아닌가. 하지만 다른 무엇을 어떻게? 또 다른 시 「살아나고 있다」의 구절로 바꾸어 말하자면, 삶에서 주어지는 이런저런 고통을 상대하기 위해 요령껏 '생각'을 한다면서 살아왔지만, 생각은 생각일 뿐 그것은 정말 아무것도 아님을 알게 되었다면, 그런 건 아무것도 "아니고/아니고/아니라면," 앞으로 계속 어떤 방식으로 "살 수 있"을까? '아님'을 절감한 이후, 살아지기는 할까?

아무래도 이영광의 시는 '어제의 나'와 결코 같은 방식으로 살 수 없음을 깨달은 순간에 다다른 '오늘의 나'가 이후의 삶을 바꿔나갈 결단을 내리는 순간을 살피기보다는, 더 이상 '이대로만은 안 되는' '지금'을 잘 받아들이고 있는지 그 과정을 여실히 보여주는 일에 관심을 갖는 것 같다. 그러니까 "가도 가도 구멍뿐인 생"(「덫」)에서 구멍은 우리가 통과할 통로라기보다는 우리의 발을 붙잡는 덫이기도 하다는 걸 얼마나 통렬히 깨닫는지에. 혹은 주어진 삶이 아귀가 맞지 않은 상태로 이어질 때 허겁지겁 태세를 전환하기보다는 그것을 알아챈 오늘, 문득 어제까지도 알던 것이 이제 와 하나도 모르겠는 걸 스스로 얼마나 승인할 수 있는지에 관해. 시인은 줄곧 '앎'

166

과 '알지 못함' 사이에 놓인 간극을 골똘히 궁리함으로써 마비되지 않은 얼굴로 지금을 견딘다. 이영광에게 "스스로 의문"(「무덤들」)이 된다는 것은, 앎의 손아귀에서 벗어난 차원을 비로소 인정하려는 사람의 헐벗고 초라한 모습을 시인이 마주하고자 하는 일과 같다.

이영광의 다섯번째 시집을 막 읽었을 때 우리가 처한 '모르겠는' 상태도 같은 맥락에서 설명할 수 있지 않을까. 그러한 상태는 "어떻게 살아야 할지" "캄캄히 다 알아버린 것 같은 밤"에, '다 알 것 같다는' 감각이 실은 삶에 대한 무심과 우매에서 발아한 것임을 직감한 시인이 스스로를 벌하기 위해 "징역 살고 싶다"고 말함으로써 저 자신을 마비로부터 풀려나도록 두는 상태와 비슷한 것이라고(「무인도」). 어제는 다 알 것 같았고, 오늘은 모르겠다는 우리의 이번 시집에 관한 소박한 소감은 이영광 시의 전언을 다음처럼 듣기 시작했다는 증거도 될 것이다. 살아보라, 사람의 몸으로 '제대로' 살아보라. 그렇지 않으면 '어제의 나'의 방식 그대로 오늘을 살 수 있는 '지금의 나'란 없을 것이다. "새의 눈"과 "새의 귀"가 없이 듣는 새의 울음도 겨우 "인간의 목소리로 우는" 것으로밖에 듣지 못하는 자들이 곧 우리 사람이지 않은가 (「고운 새」). 그런데 어떻게, "무사한 사람"으로 산다고 "겁도 없이" 중얼거리려는가, 우리여(「겁」).

2. 사람됨

시인은 다 알 것만 같은 상황을 경계하면서 '내가 알
긴 뭘 아는가'를 물으며 지금 이곳의 자리에 있다. 그가
여기에서 하는 일이란 '알 것 같은' 어제와 '알 리 없다'
는 오늘이 만나면서 이루는 부정교합의 층위에서 시적
상황을 발생시키는 것, 그리고 성급히 속죄하고 서둘러
구원을 찾는 대신에 차라리 징역을 살듯 수의囚衣를 걸친
제 꼴을 골똘히 살피는 것.

이러한 방식이 시인에게는 '사람'이란 말에 부여된 합
당한 역할이 무엇인지를 추궁하는 과정으로 그려진다는
점에 주목하자. 사람이 '사람'이라는 사실 하나만으로도
궁지에 내몰릴 수 있는 상황을 그리는 시「몸 생각 1」에
선, 특정한 지위를 소환하거나 전문 지식으로 치장하지
않더라도 '사람'에서 벗어나지 못하는 우리의 숙명을 조
명함으로써 '사람'이란 말의 범위를 상상하도록 만든다.

다급하면 물에도 뛰어들고 불도 움켜쥐듯
도구가 부족하면 손이 나서고
두 손이 다 모자라면 입이 나선다
집다가 안 되면 잡고 잡다가도 안 되면
무는 것이다 더 나설 것이 없을 땐
몸이 몸소 나설 수밖에 없다

[……]

그렇게 몸은 얼었다 풀렸다 하며

여기가 바다인가 뭍인가 내내 헷갈리는

한겨울 황태 덕장의 명태처럼 말라가는 것이다

                        —「몸 생각 1」부분

  우리는 영영 '사람'이란 말에서 벗어나지 못하는 존재라고 했거니와, 이는 우리가 궁지에 몰릴 때마다 본능적으로 앞서는 '몸'의 움직임이 증명하고 있지 않느냐고 위의 시는 말한다. 막다른 골목에서 "더 나설 것이 없"다고 여겨질 때마다 (우리가 의식하든 그렇지 않든) 자연스럽게 "몸"이 "몸소" 나선다는 것.

  사람을 '사람답게' 만들기 위해서는 무엇이 필요한가. 이처럼 질문을 던지면 많은 이는 '사회적 존재로서의 인간'을 우선 떠올릴지도 모른다. '인간'이란 말에 들어 있는 '간間'이라는 글자가 사람과 사람 사이를 잇는 관계망을 가시화하고, 한 사람이 다른 사람을 '사람'의 자격을 갖춘 자로서 존중하는 가운데 비로소 '사람'은 '사람답게' 있을 수 있다는 답변까지 준비할지도. 하지만 이렇게만 말할 때 사람과 사람 사이에서 승인된 자격으로만 사람다움을 판단하고 심사하는 일이 벌어질 수도 있을 것이다. 그럴 위험과 대결하면서 이영광은 다르게 말한다. 저 자신이 스스로 사람임을 실감하는 일이란 '인간'

의 '간間'이라는 글자가 나 자신의 '몸'과 '생각' 사이에
도 놓일 수 있다는 사실을 새삼 깨달을 때, 그렇게 함으
로써 '사람다움'의 형상이 '사람됨'의 필요조건인 몸을
통과해야만 가능하다는 뻔하면서도 잊히기 쉬운 진실이
드러날 때 일어난다는 것이다. 사람의 특권이랍시고 생
각만을 질기게 이어가는 모습으로 우리 자신을 우아하게
상상하기보다 다급한 상황에서 몸 자체가 "몸소" 움직이
는 모습으로 우리 자신을 상정할 때야, 시의 표현을 빌려
전하자면 "얼었다 풀렸다 하며" "한겨울 황태 덕장의 명
태"마냥 몸을 뒤척일 때야, 우리는 끝까지 사람에서 벗어
나지 못하는 우리 자신을 마주하게 된다. 몸은 한번 의식
하기 시작하면 "여기까지가 인간이야를/잊으려 했지만/
잊지 않"(「안전」)게 만드는 '사람다움'이 지니고 있는 한
계의 지표이자, 몸에 갇혀 있는 자기 자신을 역으로 떠올
리게 하는 매개이다.

　이영광의 이전 시집을 살핀 적이 있는 독자라면, 그가
얼마나 몸을 중시하는 시인인지 잘 알고 있을 것이다. 그
것이 비단 몸과 생각을 이분화하는 습관적인 사고에서
벗어나기 위한 방편일 뿐 아니라 시를 온몸으로 쓰고자
하는 시인의 실천에서 발아한 태도이기도 하다는 점도
이미 많은 평자가 언급해왔다. 그러나 오늘 우리가 짚고
자 하는 그의 몸에 관한 생각은, 사람이란 말을 철회하
고 싶은 순간에도 기어이 철회할 수 없게 만드는 (거부할

수 없는) 조건으로서의 몸에 관한 것이다.

> 마음이 대체 어디 있다고 그래? 물으면,
> 몸이 고깃덩이가 된 뒤에 육즙처럼 비어져 나오는
> 그 왜, 푸줏간 집 바닥에 미끈대던 핏자국 같은 거,
> 그 눈물을 마음의 통증이라 말하고 싶어
>
> ──「마음 1」 부분

"푸줏간 집 바닥에 미끈대던 핏자국"은 "마음의 통증"을 상기시키는 몸의 흔적이다. 화가 프랜시스 베이컨이 '나는 왜 정육점의 고기가 아닌가'를 반문하면서 인간의 삶이 정육점에 걸린 고기 같은 비참과 다를 게 무엇이냐고 번뇌한 것처럼, 그러면서 "고통 받는 인간은 동물이고, 고통 받는 동물은 인간"* 이라는 말을 잔혹하게 꺼내든 것처럼, 이영광은 몸을 가지고 있는 자는 결국 지금 이곳에서 벗어나지 못하는 괴로움을 감당할 수밖에 없지 않겠느냐고 말한다. 이는 몸 자체로 시를 쓰는 일과는 또 다른 차원의 이야기일 수 있다. 지금 이곳에 몸이 매인 이들은 여기에서 벌어지는 일들에 어쩔 수 없이 노출되고(또는 여기가 아닌 어딘가에서 벌어지는 일들에는 그 자

---

* 유경희, 「베이컨이라는 감각」, 데이비드 실베스터, 『나는 왜 정육점의 고기가 아닌가?』, 주은정 옮김, 디자인하우스, 2015, p. 16.

신의 손을 쓸 기회조차 주어지지 않기도 하고), 거기에 '몸이 있는' 것만으로도 이미 그 일들의 목격자로 자리매김된다는 얘기이기도 하기 때문이다.

몸으로 시를 쓰는 시인이라고만 말하고 말 게 아니라, 몸이 지금 이곳에서 겪은 일을 쓰는 시인이 '여기 동시대에 있다'고 말해야 한다. 「마음 1」의 다른 부분을 마저 읽는다.

> 세월호 삼보일배가 살려고, 기어서 남녘에서 올라오는데
> 잃은 아이 언니인가 누나인가 하는
> 그 여린 아가씨,
> 옷이 함빡 젖고 운동화가 다 해졌데
>
> 죄 많고 벌 없는 이곳을 뭐라 부를까
> 내 나라라는 적진敵陣을 부러질 듯 오체투지로 뚫으며
> 몸이 더 젖고 더 해지는 동안,
> 거기 세 든 마음이란 건 벌써 길 위에 길처럼
> 녹아버렸겠다 싶더라고
>
> ─「마음 1」 부분

몸에서 물러날 수 없는 상황에 봉착한 시인이 "죄 많고 벌 없는 이곳"의 시대적 정황과 얽히는 일은 그러므로 당연하다. 이번 시집에 수록된 시편들이 씌어진 시기

를 떠올렸을 때, 특히나 '세월호 사건'이 시인의 몸 구석
구석을 지배하고 있는 것을 주목해서 보았다면 그것은
시인이 (그 어떤 미사여구를 동원하지 않고서도) 단지 사
람이라는 사실 하나만으로 시에 충실히 임했다는 얘기가
된다. 위의 시에서 몸이 다 해지도록 "오체투지"로 나라
한가운데를 뚫고 가는 이를 목격하면서, 시인은 '내'가
사람이란 말을 철회하지 못하도록 '나'를 한정된 시공간
에 묶어두는 '몸'이 한편으로는 바로 그와 같은 이유로
사람을 위대하게 만드는 통로일 때도 있다는 사실을 배
운다. 시가 열릴수록 역사가 만들어지는 힘을 발생시키
는 현장에 시인의 몸은 있는 것이다.

　자본주의 바깥으로 도망치고 싶지만 '몸'에 매어 있는
사람으로서 차마 그러질 못하므로 오히려 지금 이곳에
적응함으로써 극복해가려는 태도를 선보이는 시도 있다.
「세븐일레븐」을 잠깐 읽자.

　　인간이 인간을 잡아먹는 광경은
　　빛에 가려,
　　보이지 않는다
　　보인다
　　보이지 않는다, 없는 신이 아군처럼
　　점령한 거리

보인다, 도심엔 절경이

없다 취하지 않는

밤, 파라솔, 일레븐

플라스틱 의자에 앉아 삐거덕삐거덕, 체계의

아가리를 본다

이미 그것이 다 벌리고

오고 있다

세븐에서 일레븐까지,

나는 으르렁거리며 강제로

결투 자세에

몰린다

나의 시체에 꺼진

불이 들어온다

—「세븐일레븐」 부분

'사람됨'의 과정에 균열을 일으키는 시대적 정황을 전부 따돌릴 수 없을 때 시인의 몸은 어떻게 대응하는가. "으르렁거리며 강제로" "결투 자세"를 취하며, 죽은 듯한 제 몸에 불을 켠다. 이는 "인간이 인간을 잡아먹는 광경"이 펼쳐지는 잔인한 시대에 그럼에도 매일 사람이기를 선택하면서 살아갈 수밖에 없는 이가 꾸리는 최후의 전략일 것이다. 이영광에게 '사람됨'이란 몸이라는 한계를 품은 채로 쓰이는 말이자, 자신이 놓인 시공간의 정황과 더불어 있고자 하는 이의 괴로움과 그만큼의 책임감이 덧씌워진 말이라고 할 수 있다.

이번 시집을 한 편의 편지로 가정했을 때 '추신'에 속하는 시라고 할 수 있을 「수학여행 다녀올게요」를 비슷한 맥락에서 살피면 어떨까. 세월호 사건으로 인해 세상을 떠난 이의 마음과 무리하게 합일을 이루려는 게 아닌가 걱정하는 독자에게 이 시를 4월 16일의 사건에 연루될 수밖에 없는 몸이 지녀야 하는 태도를 드러내는 시로 읽어보면 어떤지 묻는다. 세월호 사건이 앗아간 목숨이 "나타나고 나타나고 나타"났을 때 그를 피할 수도 없거니와 더는 피하지만은 않겠다고 버티는 태도가 엿보이는 시, "꿈꾸고 꿈꾸고 꿈꾸면 괜찮아지던 곳"에 "끝없는 사람으로 돌아가야" 한다는 이들의 흔적이 머무는 자리에 있으려고 적어도 발버둥은 계속해서 쳐보려는 시로 말이다. 이 시가 불러오는 비극적 상황은 시의 화자가 마치 염불이라도 외듯 아무리 발버둥을 치며 읊조린다 하더라도 시가 함께 있으려 하는 이들은 끝내 지금 이곳의 자리로 온전히 오지 못한다는 데 있을 것이다. 지금 이곳에는 다른 어디로 도망치지 않은 시인의 목소리만이 메아리처럼 '있다'. 그러나 여기에서 그친다면 해당 사건은 그저 공포심을 일으키는 사건으로만 남겨졌을 것이다. 메아리로 되돌아올지언정 시인의 떨리는 외침이 끝없을 때, 웬

만해선 떠나지 않으려는 시인의 방식은 지금 이곳이 포함된 역사적 시간을 이룩하는 작업이 된다. 이럴 때 시인이 끝없이 소환하려는 이들도 나타날 수 없는 혼령이 아닌 사람의 이름으로 지금 이곳에 새겨질 수 있고, 일어난 사건 역시도 역사적 사건으로 자리할 수 있는 것이다.

3. 어떻게 사람은 그렇게 작은 눈으로 큰 세상을 볼 수 있는 걸까?

일곱 살짜리 소년 야코프가 친구에게 묻는다; 어떻게 인간은 그렇게 작은 눈으로 모든 것을 볼 수 있는 걸까? 도시 전체를 볼 수도 있고, 엄청나게 큰 도로도 한눈에 파악하잖아. 어떻게 그렇게 큰 것들이 작은 눈에 들어오는 걸까?

글쎄 야코프, 내가 말한다. 이 감옥 안에 있는 수감자들을 생각해보렴. [……] 어쩌다가, 네 생각은 어떠니, 야코프, 그렇게 많은 눈들이 이런 작은 공간에 갇히게 된 걸까.

—존 버거, 『A가 X에게』

그러니 이번 시집에 수록된 시편들을 쓰는 기간 동안 시인이 자신의 몸을 쓰는 방식을 거칠게 표현하자면 '보는 행위'에 국한된 것인지도 모른다. 특히나 세월호 사건을 맞닥뜨린 시인은 "검은 동공을 열고/화면 속 죽음들을 본다"(「절반」)고 말하면서 자신이 딛는 자리에 발이 묶여 있는 몸을 가진 자에 불과하다고 시인是認한다. 때때로 눈앞에 너무나 명백한 것이 있을 때는 그것을 부정하지 않는 것만으로도, 그러면서 제대로 보지 못하는 무언가가 있으면 어떡하나 하는 불안을 겪는 것만으로도, 온몸에 "두려움"이 "초롱초롱 눈을" 뜬다(「우연히」).

말하는 이의 '보는 행위'가 곧 말하는 이가 어디에 있는지 결정해주는 상황을 극대화해서 보여주는 시로는 「서울역」이 있다. 비교적 짧은 시라 전문을 옮겨 적는다.

역사에는 여행이 있고
광장엔 흔히 설교와
노동자 집회가 있다
종교는 정신없이 아프고
노동은 아파서 간신히,
정신을 가누고 있다
기차가 슬슬 똬리를 풀며
기적도 없이 울어대서
여행은 또 떠나야 하지만
종교는 멀리 하늘로,
노동은 땅끝까지 피 흘려
나아가야 한다
소주병 쥐고 앉아 노숙은

모든 떠남들을 지켜봐야 한다

——「서울역」 전문

누가 행위를 하는지 보여줄 수 있는 주어의 자리에 "여행" "종교" "노동" "노숙"과 같은 말들이 놓여 있는 게 인상적이다. 이와 같은 명사로 행위자가 내세워질 때는 시적 상황이 추상적인 형태로 그려지기 때문이다. "여행"과 "종교"와 "노동"이 단출하게 공간을 구획할수록 이들을 지켜보는 자리인 "노숙"은 부각된다. "소주병 쥐고 앉아" "모든 떠남들을 지켜"보는 눈이 거기에 있는 것이다. 주어진 말들을 마치 풍경을 이루는 바둑돌 비슷한 것으로 상대해버리는 '눈'의 방식은 그래서 비정해 보이는 한편 모든 풍경을 그러모을 수 있다는 점에서 사람의 자리를 거대하게 치켜세우는 역할을 한다고 느껴지기도 한다.

하지만 우리가 염두에 두어야 할 것은 보는 행위가 사람 자체를 거대하게 끌어올린다는 얘기가 아니라, 사람이 가진 작은 동공이 실은 얼마나 커다란 세상을 담을 수 있느냐에 대한 얘기일 것이다. 3장의 제사題詞에서 읽은 바를 바탕 삼아 생각하자면, 어떻게 사람은 그렇게 작은 눈으로 큰 세상을 볼 수 있을까? '앎'과 '알지 못함' 사이에 갇힌 수인의 숙명을 타고났더라도, 혹은 그조차 자신의 육신을 통해서만 감당해야 하는 처지라고 하더라도, 몸에 박혀 있는 '검은 동공'에는 제 몸보다 더 큰 세상이 담기는 게 사람이다. 시인이 자신에게 주어진 세상을 정직하게 담으려는 눈을 지금 이곳에 심어둘 때마다 그 자리엔 언제나 시인 자신의 의도를 넘어선 인간의 역사가 굽이치는 일이 벌어진다. 세월호 사건을 목격하며 정작 제 몸이 할 수 있는 일은 별로 없지 않느냐며 한계를 절감할 때도, 그와 더불어 있으려는 '목격' 자체가 시인이 짐작한 저 자신의 역량을 넘어서서 "아주 많이 아는 의문"(「사월」)을 만들어내고, 주어진 세월을 살게 만들기도 하는 것이다.

　바라보는 대상을 어떻게든 장악하고 소유하면서 초월적인 위치에 있으려 하는 '보는 주체'에 주목하자는 게 아니다. 지금 여기를 제대로 자각하려는 '보는 행위'에 집중할 때 다른 얘기를 꺼낼 수 있다는 거다. 「재미」에서 화자는 "창밖""공중"을 "거대한 눈알"로 느끼며 "베란다에 매달려" 있는 자신을 일컬어 "쇠창살을 쥐고 괴성을 지르는/동물원 영장류"와 같다고 말한다. 화자가 '내겐 재미가 없다'고 중얼거리는 까닭은 '나'를 동물원 영장류 보듯 하는 어떤 시선을 의식했기 때문이다. 화자는 내가 무언가를 보는 만큼, 다른 무엇도 나를 볼 수 있다는 가능성을 연다. 다시 말해 '누가 보는가'가 아니라 '무엇을 보는가'라는 행위에 집중할 때, 우리는 제아무리 몸이 작은 이라 할지라도 그이에게는 제 몸 이상의 세상을 담을 수 있는 '검은 동공'과 같은 감각이 있다는 점을 깨닫는다. 서로 볼 수 있다는 사실을 자주 의식할 수만 있다면, 우리는 서로에게 자기 자신을 하찮게 여겨도 되는 존재란 세상에 없다는 생각을 가지고 다가갈 수 있을 것이다. 고통을 다 뒤집어쓴 채로 끔찍하게 괴로운 표정을 짓는 시인을 만나고서도 우리가 그의 시와 더불어 고양되는 순간을 맞이하는 이유도 아마 여기에 있지 않을까.

4. 오직, 사람이라는 사실 하나만으로

오직 자신이 사람이라는 사실 하나만으로 매 순간 지옥을 겪을 수도 있고, 매 순간의 경험을 거룩하게 정당화할 기회를 얻을 수도 있는 게 '사람'이다. 그렇다면 시인은 사람이란 말이 감추고 있는 비약을 눈치채고, 그것이 남기는 통증을 앓는 일에 주저하지 않기로 한 자라고 말해도 될까. 마지막으로 「촛불」을 함께 읽는다.

나는 나를 백만 분의 일로
줄일 수 있다
그래서 이렇게,
거대해질 수 있다

분노는 내가 묻는 것이다
슬픔은 내가 먹는 것이다
사랑은 내가 비는 것이다
싸움은 내가 받는 것이다
해방은 내가 없는 것이다

나는 타오른다
나는 일어선다
나는 물결친다
나는 나아간다

―「촛불」 부분

시인이 "분노" "슬픔" "사랑" "싸움"은 기꺼이 상대하면서도 "해방"은 '없는' 것으로 다룰 때, 시인 자신은 계속해서 '타오르고' '일어서고' '물결치고' "나아간다". 삶은 지금 이곳에서 매일 시작하는 방식에 속박됨으로써만 계속되는 것. 여기서 벗어날 수는 없다. 그 속박을 나날이 강하게 느끼는 일을 능동적인 실천praxis으로 가져가는 시인에게 "끝없는"이란 말은, '역사적 인간'의 과업을 수행하는 '시적 인간'의 시간성을 증명하는 것일 테다.

오직 자신이 사람이라는 사실 하나만으로 생과 겨뤄보고자 하는 이의 고아한 악력이 고스란히 시로 남았다. 우리 중에 누군가는 그걸 먼저 하고, 그런 먼저의 시간이

시의 다른 문을 연다. 시인이란 말에 끝없는 의미도 이럴 때 새겨질 것이다. ▨